Scrittori i

Roan Johnson

Dovessi ritrovarmi in una selva oscura

ROMANZO

MONDADORI

librimondadori.it
anobii.com

Dovessi ritrovarmi in una selva oscura
di Roan Johnson
Collezione Scrittori italiani e stranieri

ISBN 978-88-04-67324-8

I edizione febbraio 2017

Dovessi ritrovarmi in una selva oscura

Pregevolissimo

Agosto 2018

"Smatti"

"Terribilità"

Potrebbe essere uno dei tuoi personaggi

Specie di Holden in salsa pisana

A nudo, coraggiosamente,

divertendo, commuovendo

Spero che ti piaccia

com'è piaciuto a me

xxx

Daniel

Le Duke

P.S.: Roan è un amico

Ero intervenuto su Fiori Miro

1

LA PRIMA TERRIBILITÀ

La prima terribilità arrivò all'apice del piacere, una frazione di secondo a ridosso dell'orgasmo.

In quell'istante stavo pensando alla forza di gravità e a quello che avevo letto sul sito del "Guardian", e cioè che la gravità è una forza così debole da creare problemi perfino ai fisici.

La mattina vai a fare colazione e quando sollevi il bicchiere di caffelatte il tuo bicipite fa a braccio di ferro contro un pianeta intero con milioni di quintali di minerali e roccia e, senza fare grande sforzo, lo vince.

È una forza talmente debole che fa casino con la teoria del funzionamento di tutto l'universo che quindi, secondo regole matematiche studiate e ristudiate, sarebbe già dovuto collassare da tempo.

Stavo pensando a quel rapporto piccolo uomo/grande pianeta perché per una serie di coincidenze eravamo finiti a fare l'amore sul pavimento (eravamo un po' brilli visto che era il nostro compleanno, e il letto era occupato da un mobile Ikea che non ero riuscito a finire di montare perché avevo confuso un pezzo con un altro) e la posizione che avevo assunto era basata su una lotta contro la gravità: avevo tutto lo sforzo sulle ginocchia flesse (come una rana dei cartoni animati che prova a saltare) e il movimento solitamente di bacino andava fatto da questa sorta di molla che era diventato il mio corpo.

Ma soprattutto provavo a staccare la testa per qualche altro minuto per lasciare alla mia ragazza il tempo di venire, e quindi mi concentravo sul sistema matematico che regge l'universo e sul fatto che se c'è questa forza di gravità ci dovrebbe anche essere una sorta di particella o un'onda che fa da attrattore fra un corpo e un altro e nessuno però l'ha mai vista e l'esperimento più importante per trovare queste ipotetiche onde e questo ipotetico gravitone lo stanno facendo vicino a casa dei miei, a Pisa, si chiama Virgo e se vai sopra il monte Serra in una giornata limpida puoi vedere, nel mezzo della grande vallata dell'Arno verso Navacchio, fra le case e i paesini, una sorta di enorme V bianca che sembra disegnata sui campi, e là, dentro quei due tubi immensi a forma di V, ci sono fisici e tecnici da tutto il mondo che cercano giorno e notte quella particella.

E non so perché, ma le volte che mi sono trovato lassù sui monti a guardare dall'alto quella V dell'esperimento, ho sempre pensato agli scienziati che hanno dedicato tutta la loro vita a scoprire qualcosa che non hanno mai trovato o che magari non è mai esistita.

E meno male che quello sforzo fisico già mi distraeva, altrimenti il pensiero della gravità non sarebbe bastato perché quella del quattordici marzo era una delle volte migliori di sempre e infatti, dopo che l'attacco della prima terribilità è passato e ci siamo rilassati un secondo perché sembrava ormai improbabile che sarei morto là, sul momento, steso sul tappeto, anche la mia ragazza me lo ha detto.

Mi ha detto: mannaggia, era pure una delle volte meglio.

Di solito quando c'è questo tipo di trasporto non basta la riflessione scientifica, quando sono tanti giorni che non ci vediamo e la routine è stata abbattuta e si è spenta quella luce che illumina ogni rientranza e cavità facendo sparire ombre e zone coperte, e la distanza ha fatto tornare artificiosamente quello che si era perso – la sensazione è quella dell'incontro con una persona bifronte e completa, la donna misteriosa e quella che conosci meglio al mondo, e allora ritrovarsi è un po' come incontrarsi per la prima volta ma con la bellezza della conoscenza più profonda – ecco quando è così, per resistere e durare più a lungo devo pensare a problemi seri come il tasso variabile del mutuo che sale, ai soldi per ristrutturare la casa, ai debiti di mio padre, a questo lavoro che mi son scelto che oggi c'è e domani no, e allora dovrei fare i soldi adesso, tanti e subito, metterli da parte, aprirmi un fondo pensione e invece il film che sto scrivendo ha la sottotrama che non funziona e il personaggio del coprotagonista è inverosimile e se l'attore famoso a cui dobbiamo proporre il ruolo se ne accorgerà salterà il progetto e dovrò ripartire da zero un'altra volta.

E allora mi concentro su questi problemi narrativi e inizio a scervellarmi per trovare soluzioni.

Questo brainstorming copulativo a volte porta dei frutti insperati, e mentre muovo il corpo a ritmo, trovo soluzioni che cercavo da settimane. Rimuginavo davanti al computer o camminavo in tondo come un leone in gabbia e invece il brainstorming usato come contrappeso per arginare l'orgasmo ecco che ha sbloccato qualche meccanismo e si è aperto il cancello dello zoo, facendo correre le idee nella distesa delle lenzuola.

A volte è l'unico modo per non venire con un anticipo umiliante.

E il paradosso è tutto qui: quando non c'è grande trasporto, quando la situazione è sotto controllo, routine diciamo, posso anche non pensare a nulla e godermela e perfino aprire gli occhi di quando in quando per vedere lo spettacolo di cui faccio parte. Mentre più mi piace e ne sto godendo più devo fare ricorso ad accorgimenti speciali e a tecniche di pensiero autodistruttivo.

La situazione peggiore si verifica quando abbiamo fatto troppi preliminari o magari siamo andati in spiaggia e abbiamo giochicchiato e io ho urlato oddio oddio ho una pantegana che mi si imbelvisce nel costume! e minaccio di sguinzagliargliela contro e Ottavia fa la faccia molto spaventata dalla bestia assetata di carne, e quando ci stendiamo sulla sabbia uno accanto all'altra imito il ruggito della pantegana, e poi faccio finta di dover prendere l'asciugamano e in realtà è una scusa per appoggiare la belva sul suo culo ed è insomma tutto uno strusciarsi e provocarsi, con la costrizione che siamo su una spiaggia semideserta sì, ma comunque puntellata di famiglie e pudiche coppiette.

Sarà che arrivo troppo pronto, che ho avuto polluzioni spontanee e quindi tecnicamente ho *già* iniziato a venire, ma in questi casi per resistere devo scendere proprio negli abissi della mia anima. Devo ricordarmi di tutte le volte che il martelletto del giudizio si è posato su di me: quando quel premio importante che avrebbe messo un bollino di garanzia sulla mia carriera è stato dato all'ultimo minuto a quell'altro regista, quando mi hanno buttato fuori da quel lavoro per darlo all'amante del produttore, quando non mi hanno accettato quel copione e invece il Cianciulli sforna ogni bimestre serie Tv inutili ma strapagate, quando ho letto il commento di uno sconosciuto su una bacheca di un amico che parlava di una cosa scritta da me: quel libro, quel film mi ha fatto proprio cacare. Cacare? Ca-ca-re.

Insomma tutte quelle volte dove mi hanno detto: sei inadatto e incompetente, non ce l'hai fatta. Sei un fallito. E comunque non ci servi perché c'è gente molto più agganciata e pure più brava di te, e quindi ora che l'Europa andrà in default, ora che le banche chiuderanno gli sportelli e torneremo alla lira o peggio ancora al baratto perché ci accorgeremo che questa ridicola convenzione delle banconote di carta (per non parlare dei numerini a tanti zeri scritti su dei server) è un gigante dai piedi d'argilla e torneremo a essere poveri e nullatenenti e ci aggireremo al mercato nero del cibo nei periodi di carestia e saccheggi, il tuo fallimento non verrà più misurato sui premi e gli articoli di giornale ma dalla capacità di sopravvivere e tu non hai alcuna abilità pratica, non sai riparare uno sciacquone, non sai armeggiare con una fiamma ossidrica ma manco montare un armadio Ikea che ci riescono davvero anche i più negati, e soprattutto non hai coraggio, non sai difenderti, non sai tirare nemmeno un pugno, figurati sopravvivere in un mondo di sopravvissuti.

Tutto questo sforzo almeno porta al risultato. Nove volte su dieci. Medie alte comunque. E in ogni caso devo dire che non ci sarebbero problemi con Ottavia nel caso contrario. Non è che lo faccio per paura di una sua reazione.

Con Loredana se venivo prima (e quindi io venivo e lei no perché a quel punto non si potevano provare alternative) per il resto del giorno scattava quella che chiamavo la sindrome del riccio.

Mi metteva il muso e il muso si tramutava gradualmente in un astio generalizzato, in una punzecchiatura quotidiana a causa delle cose più insulse. Era come se a tutti gli oggetti della casa fossero spuntati degli aculei.

E quindi ogni maniglia che toccava, ogni frutto che prendeva, ogni asciugamano con cui si asciugava le procurava fastidio e dolore, e quindi alla fine le prendeva il nervoso e poteva incazzarsi per un qualsiasi nonnulla.

Perché all'interno dell'infernale mondo della sindrome del riccio magari lei allungava la mano perché le stavo passando una pera ma la pera scivolava, cadeva in terra e lei giù a dirmi che ero un incapace. Incazzata nera. Un incapace sei. E ovviamente non ero un incapace porgitore di frutta ma un incapace trattenitore di seme.

Ma la sera del quattordici marzo, anche se non avevo nulla da temere, provavo a reggere fino a che lei non fosse venuta perché era anche il suo di compleanno, e dopo che me ne vengo la situazione precipita, la spossatezza mi incalza e smetto di essere senziente.

Le terze e quarte performance sono finite a venticinque anni, adesso mi riesce solo di accasciarmi sul letto e stare comatoso, finalmente con i pensieri che vagano liberi senza preoccupazioni di lavoro.

In quel momento tutti i fantasmi che mi invadono la mente e cioè la paura della sopravvivenza e l'invidia e la competizione, l'ansia da prestazione e da successo, la paura dell'abbandono e della fine, tutto svanisce e sono connesso con il mondo come mi era successo tanti anni fa, durante il grande smatto dove credevo anzi *sentivo* di essere tutt'uno con l'umanità e non solo, con gli animali e gli alberi, con la roccia e con la terra e il sole e le galassie e l'universo infinito.

Ed è in quel momento di trapasso e di rilascio della tensione (più che nell'amplesso stesso) che ho spesso capito la natura del rapporto con una ragazza. Mi è capitato di chiedermi cosa ci facessi là, in quel letto estraneo, steso accanto a non sapevo bene più chi, o di essere risucchiato da un senso di colpa e nostalgia (di solito con fidanzate nel mezzo di disastrosi tira e molla) e di non trovare senso né in me né in lei né in quella storia. O invece di farmi una doccia come dopo una nuotata, e pensare cosa avrà fatto il Manchester in Champions, o sentirmi rilassato e rinato, e iniziare lunghe chiacchierate sulle più disparate questioni. Per arrivare al grado ultimo e sublime: ciao a tutti, sono sfatto, e sto così bene che non lo devo nemmeno dire, né a lei né a me. Stiamo zitti, words are very unnecessary, siamo in un contatto fisico e telepatico e mi posso perdere come quando ero bambino e spensierato in un mondo di bellezza e cazzate e il mio inconscio e conscio si fondono insieme mentre surfo su questa onda creata da queste due correnti, e resto così in bilico e beato nell'assenza e nel vuoto, sono risucchiato dal nulla e finalmente lo accolgo, anzi ci vado incontro a braccia aperte e sereno posso chiudere gli occhi senza accorgermene e, senza accorgermene, dormire.

Ed era questo ultimo grado, l'obiettivo di quella sera del quattordici marzo: mettere un piedino sul pianerottolo del nirvana.

Credo tra l'altro di meritarmelo questo momento di pace. Perché neanche mentre faccio l'amore ho quel privilegio di stare a pensare ad altro, perché l'altro a cui dovrei pensare sarebbe l'atto stesso o al limite che ne so, qualcuno avrà delle fantasie erotiche durante l'amplesso, vedrà nel partner un attore conturbante o si concentrerà sulla ex ragazza che lo ha lasciato o che ha lasciato lui, ma io manco in quei momenti mi rassereno perché a parte in alcuni casi dove mi scatta il pilota automatico, in tutti gli altri devo ingaggiare quella sorta di gara mentale del pensare alla forza di gravità e le sue misteriose particelle nei casi migliori, alla morte per malattia in quelli peggiori, sottomesso a quel paradosso per cui più mi garba la trombata e più devo pensare a qualcosa di terribile.

E così quella sera stavo portando a compimento la mia lotta immane contro la gravità terrestre e contro la mia venuta, e il punto del non ritorno si stava avvicinando sia per me che per lei che per il CD dei Chemical Brothers che suonava per non farci sentire dai vicini.

E nel momento in cui Ottavia mi ha fatto capire con respiri in crescendo che era lì lì per venire, ho stretto i denti e ho pensato alla forza di gravità per ritardare il mio altrettanto inevitabile orgasmo, perché ormai capisco quando sta per arrivare il momento, e comunque ci siamo messi d'accordo che me lo deve dire quando sta per venire così mi regolo – anche se questa è un'arma a doppio taglio perché a volte quando scatta l'allarme "vengo, vengo" e sono già in bilico può succedere una reazione a specchio e cioè che io venga proprio perché lei mi dice che viene e siccome stiamo usando uno dei peggiori metodi contraccettivi della storia dell'uomo, ovvero il salto della quaglia, non posso rischiare e devo uscire in tutta fretta con la consapevolezza che se fossi rimasto là a fare il mio dovere di spargitore di DNA per il quale sono stato chiamato al mondo saremmo venuti nello stesso secondo e il nostro figlio sarebbe stato concepito in una rara sincronicità orgasmica, e invece mi ritrovo in ginocchio sulle lenzuola sfatte a venire nella mia mano in un misto di senso di sconfitta e dolore pelvico per aver provato a trattenere il seme e la polluzione soffocata e deludente è nient'altro che testimonianza della mia nullità, perché alla fine, non so se per la questione della paura del piacere o dell'autocastrazione o del senso di colpa o del narcisismo di voler essere un latin lover o magari, vai a essere ottimista, per generosità, se lei non viene io non me la godo per niente.

E quella maledetta sera, nel momento in cui lei appunto mi ha detto vengo, vengo, ho pensato: ci siamo, resisti altri trenta secondi, tieni duro ora, contro la forza di gravità e tutto il mondo... e ho sentito il fluido di piacere che mi attraversava il corpo ma in contemporanea a questo senso di beatitudine è partito da dietro la nuca un dolore fitto e appuntito, come se un ferro incandescente mi stesse penetrando la testa, e mentre stavo per venire ho sentito la sua punta acuminata penetrarmi la pelle e poi il cranio e alla fine mi si è proprio conficcato nel cervello, e ho sentito questo dolore lancinante che è entrato in classifica e in una frazione di secondo ha risalito tutte le posizioni ed è diventato ufficialmente il dolore più forte della mia vita e mi ha tolto il respiro e mi ha immobilizzato come se il cervello fosse stato morso da una vipera e sono uscito dall'incastro con Ottavia e ho indietreggiato con questa sensazione di goduria surclassata dal dolore in una sorta di dissolvenza incrociata ma lunghissima e persistente tanto da raggiungere uno stadio altissimo di tortura Sadiana e mi sono steso sul tappeto e immobile non ho detto niente per non impensierirla sperando che almeno lei se ne venisse senza sapere perché me ne fossi uscito così di colpo, perché mi fossi rannicchiato in terra, respirando affannato e con il volto increspato di dolore, con gli occhi sbarrati mentre pensavo: ecco, questo è un aneurisma, un ictus, un qualcosa di grave e adesso saprai cosa si prova prima di morire per morte aneurismatica e magari se sopravvivi un giorno lo potrai scrivere.

(E perfino adesso che sono al computer e batto i tasti a distanza di diverso tempo, il ricordo di nuovo mi assale, il dolore mi torna a trovare e come un fantasma shakespeariano doomed to suffer in sulph'rous and tormenting flames riappare nel punto esatto dove si manifestò la prima volta, forse solo giusto un po' più in alto e a sinistra ma comunque lì.

Una sorta di ricordo sbiadito ma allo stesso tempo reale e impossibile da confondere con altro.)

E subito mi ha invaso il problema del dove e quando ti colga la morte. Un pensiero chiaro e sviluppato nelle sue sfaccettature. Non è che ho fatto una riflessione in quel momento di dolore lancinante, ma mi è risalita a galla una sequela di ragionamenti che avevo fatto durante la mia gioventù, quando ci si crede immortali e il pensiero della morte è una sorta di gioco filosofico – botta di morfina e andarsene nel sonno, buttarsi da un aereo e godersi il volo, o farsi torturare per arrivare perfino a sperare di morire.

E ho anche pensato al luogo comune del vorrei morire fra le braccia di una donna – la battuta dei western con il cowboy che ha preso una pallottola in pancia e rantola all'amico: ehi gringo, avevo sempre sognato di morire fra le tette di una bionda. O nelle commedie romantiche quando il protagonista sussurra fra sé davanti a un tramonto: vorrei morire mentre faccio l'amore con mia moglie vecchia, ma ancora bella.

Ma essendo un sopravvissuto mi tocca deludere le aspettative: l'immaginario della petite mort che si associa alla grand mort in una sorta di connubio fra il massimo della vita e il massimo della morte non è che una cazzata autoriale.

Quando stai male e stai per morire non te ne può fregare di meno di avere una donna nuda accanto a te.

Sono rimasto immobile sul pavimento, impaurito perfino a muovermi, un po' come se cadi dal motorino e ti dicono di non spostare di un centimetro la testa che può essere peggio, e imbalsamato così ho spiegato a Ottavia del dolore atroce che a quel punto sembrava scemare o rimanere nascosto o forse pronto per un nuovo attacco e abbiamo pensato se andare diretti al pronto soccorso di Roma Casilina che è quello più vicino anche se piccolo e scalcinato e ci vanno solo gli immigrati di Torpignattara e dell'Alessandrino e tuttavia l'unica volta che ci sono finito mi hanno trattato da essere umano rispetto al San Giovanni che è immenso e forse più efficiente ma c'è gente che fa il lavoro di medico come se facesse il meccanico in un garage e parlano dei tuoi organi come di pistoni e cinghie di trasmissione.

Allora ci siamo chiesti se chiamare mia mamma, e abbiamo subito capito che era meglio di no, che era una cosa troppo strana per farla impensierire a quell'ora, e poi come glielo vai a spiegare a tua madre che è successa questa terribilità mentre stavi trombando sul pavimento in una strana posizione?

(È stato in quel momento che abbiamo cominciato a chiamarla così. Terribilità. Per esorcizzare.)

E allora abbiamo pensato se chiamare Maddalena che è l'amica d'infanzia di Ottavia perché lei è un medico, ma non un medico normale, è una di quelle rare persone che voleva fare il medico da quando era piccola e se Ottavia cascava dalla bicicletta nel cortile delle elementari lei le metteva la garza attorno alla mano sbucciata.
E infatti poi ha fatto lo scientifico e poi medicina e di specialistica anestesia.
E tutti le chiedono: perché proprio anestesia?
E sotto sotto pensano: non è che magari non c'è tanta competizione e allora trovi lavoro più facile?

E la risposta è no. Bastardi.

Ha fatto anestesia perché se fai l'anestesista vai in tutti i reparti dell'ospedale e quindi impari il mestiere fino in fondo perché vedi come lavora l'ortopedico, l'otorino e il cardiochirurgo.

Ed è arrivata prima al concorso per il posto al Santa Chiara di Pisa nonostante non avesse nemmeno un santo in paradiso e per studiare per il concorso si era chiusa in casa per otto mesi ed era ingrassata tipo di cento chili e sembrava la parodia di se stessa ma le rare volte che usciva per bersi una cosa con noi ballicchiava cantando *Sono un ippopotamo, sono un ippopotamo!*

(Un medico dotato di autoironia, capite la rarità?)

Ma il dolore ormai era scemato e provavo a convincermi che fosse scomparso del tutto e magari era stato un evento così imponderabile e incomprensibile che si poteva includere nell'insieme dell'irripetibile, e comunque ormai era l'una e mezzo di notte.

Insomma alla fine siamo andati a letto dicendoci: domattina ci si penserà.

Sentivo il respiro di Ottavia che diventava regolare e si immergeva nel ritmo del sonno, e già mi chiedevo perché la terribilità fosse arrivata proprio il giorno del mio trentottesimo compleanno, proprio a metà del cammin di nostra vita, e perché poi esattamente prima dell'orgasmo, se questo avesse una connessione fisica, psicologica o addirittura simbolica e se allora ci fosse da trovarci un significato preciso.

E così, ingolfando il cervello di ansie e dubbi e pensieri e contropensieri, non sono riuscito a addormentarmi che alle quattro e mezzo del mattino.

La mattina dopo sentivo ancora una sorta di eco del dolore proprio nel punto dove mi si era conficcato il paletto di ferro ma ho provato a fare finta di nulla anche perché il giorno prima non avevo lavorato molto e il mio senso del dovere ha avuto il sopravvento e mi sono messo a scrivere fino a sera e solo a sera ci siamo messi a fare un "office".

L'office è un rituale sacro – se uno chiama l'office l'altro non si può rifiutare, si fa stesi sul divano o a letto e serve a parlare di problemi logistici o psicologici, scelte da fare, programmare cosa fare in serata o nei giorni a venire. L'office serve a risolvere dubbi o paturnie. Una sorta di assemblea di gestione. Che però può anche scaturire nell'avvinghiamento. Cioè uno può chiamare l'office come scusa per apparecchiare la bombatina.

E questo era il caso. Era sottinteso che facevamo l'office per trovarci nel letto e riprovarci. Magari era stato solo un caso, e la speranza di tutti e due era che il punteruolo ficcato nel cervello fosse solo una stranezza causata da quella posizione che sfidava tutto il mondo quanto è grande e, nonostante la debolezza della gravità, fosse comunque da considerarsi peccato di *hýbris*.

Quindi questa volta sarei entrato dolce, con un ritmo lento da verde milonga, ed era sottinteso che avrei dovuto pensare solo a me, pensare a venire senza preoccuparmi di aspettarla o di impegnarmi in grandi performance.

E appena ci eravamo avvinghiati e toccati, mi era subito diventato duro e speranzoso e, mentre ci incastravamo nella neutra e ipopeccaminosa posizione del missionario, mi avvicinavo dondolio su dondolio al momento clou e, preso dalla dolcezza del momento, mi ero perfino scordato della prima terribilità e affondavo il viso nelle sue tette sode che mi accoglievano come un guanciale di serenità e però più mi approssimavo al punto di non ritorno e più avvertivo in sottofondo salire uno strano ma ancora non riconoscibile dolore, ma più sentivo arrivare la goduria e più la fitta saliva da dietro la nuca e la sua identità diventava indubbia e per un attimo goduria e dolore si mescolavano in un cocktail che mi ubriacava e me l'ha fatta diventare sfida e allora ho detto vaffanculo ora vengo lo stesso sì sì vengo lo stesso, ma il male aumentava con l'avvicinarsi dell'orgasmo e io insistevo e provavo a dare gli ultimi colpi per batterlo, per superarlo arrivando a farmi male e venire dentro il dolore, come se l'orgasmo poi avesse potuto battere il supplizio, ma la punta acuminata deve aver raggiunto un nervo profondo nel cervello, un nervo che se lo tocchi è come premere il tasto off e magari svieni, e l'ho sentito che mi stava per abbattere e forse ammazzare e allora il dolore aveva battuto la volontà e, arpionato dallo stiletto che mi ha infilato a sangue la testa, mi sono staccato anche con il corpo e mi sono steso di fianco a lei e ho detto di nuovo vaffanculo, e di nuovo il dolore, anche se meno a sorpresa, è andato a scavare comunque nella ferita già presente e ho visto la faccia di Ottavia che si aggrottava perché aveva capito che stavo male e la sapevo preoccupata anche se provava a non farmelo vedere ma invece soffriva anche lei – e almeno era una consolazione sapere che c'è qualcuno che soffre per te in quei momenti brutti, perché un po' del dolore ce lo si spartisce, fosse anche poco così.

E allora abbiamo tutti e due pensato senza dirlo che non era stato un caso. Che forse qualcosa di grave mi si nascondeva davvero nel cranio, un alien accovacciato e nascosto pronto a staccarmi il cervello a morsi non appena avessi riprovato a mettere il mio cazzetto impuro in qualche impuro buco.

Era arrivato il tempo di premere il bottone rosso dell'emergenza.

Ma prima di pigiarlo abbiamo cenato con un riso in bianco da malati. Perché almeno io lo ero, malato, e poi il riso in bianco con l'olio d'oliva buono e il parmigiano ha una sorta di potere magico e psicofarmacologico, vuoi per qualche tipo di dopamina rilasciata dal riso che va incontro a qualche recettore del cervello, vuoi per una sorta di simbolismo di bianco candore, di ricordo delle serate a letto con la febbre e la nonna seduta accanto a darti conforto.

Ho chiamato Maddalena che però, vedi tu la sfiga, era in vacanza fuori Italia e subito dopo allora mia mamma che non solo è la mamma e quindi colei che può accogliere ogni tuo dolore come un'otre dalla capienza infinita, ma è anche colei che ha insegnato inglese alla facoltà di medicina e che quindi conosce una vastissima gamma di dottori e specialisti.

Mia mamma se la butti in mezzo a un aperitivo o vernissage dopo venti minuti ha fatto amicizia con cinquanta persone, di solito con quelle che a me stanno più antipatiche – ma non è questo il punto.

Il punto è che grazie a queste sue doti sociali conosce mezzo dipartimento di medicina e quindi ogni volta che ho un problema in qualsiasi parte del corpo (poniamo caso alla faringe) lei dice: ma io conosco il Mavanozzi che è un faringista luminare, uno dei migliori in Italia, lui lo chiamano in America per fare le operazioni alla faringe e sono trentamila euro a volta. Tren-ta-mi-la-eu-ro.

Per mia madre la catalogazione del genere umano si basa su una scala di stipendio. La definizione della persona coincide con la cifra che guadagna, o con gli asset più spettacolari. Cioè: è bravo il Cabizza? Il Cabizza viaggia con il jet privato. Il Pasquini? Gli hanno fatto un articolo sul "Corriere della Sera". Barbera? Il Barbera ha operato Colin Firth.

Quindi non è facile fare la telefonata – e non solo per la questione di raccontare l'accaduto senza cadere in imbarazzi, ma anche e soprattutto per l'imprevedibilità di mia madre che può rassicurarmi ma anche mettermi un'ansia e un nervosismo addosso come nessuno.

È una sorta di roulette russa che però questo giro non si può che rischiare.

E quindi la chiamo.

E mia madre mi accoglie benevola. Sottaccio il problema dell'orgasmo e strane pratiche sessuali, le dico solo che mi è venuto questo brutto mal di testa e lei ci dice che troverà qualcuno, che lei (ma si scherza?) conosce il primario di neurologia e se non può visitarmi personalmente, ci raccomanderà con qualcuno di altrettanto bravo. Vedrai che ti faranno fare una risonanza magnetica.

Poi, siccome ho sbloccato il meccanismo di resistenza al contatto con gli umani, non perdo l'occasione e chiamo anche mia zia che voleva fare il medico da giovane ma i suoi genitori non gliel'hanno permesso perché in Italia nel millenovecentocinquanta era una professione per niente consona a una ragazza.

E anche lei mi dice che ci sarà da farsi visitare da uno specialista che mi farà una risonanza per capire meglio.

Mia madre mi richiama dopo quindici minuti perché ha già trovato un bravissimo specialista neurologo di Viareggio che fa le operazioni agli sceicchi a Dubai.

Sia chiaro: non avrei mai accettato senza prima aver fatto un po' di ricerca ma da qualcuno dovevo pur partire e già iniziavo a sentirmi addosso tutta una serie di sintomi causati dalla grave lesione del cervello che dovevo aver subìto e dovevo fare un grande sforzo su me stesso per non andare a guardare su internet a quale funzione corrispondesse la parte del cervello che ha sede nel lato destro della nuca e lì dintorno. Perché quando inizi a controllare su internet cose del genere la spirale di disgrazie che ti risucchia è pressoché infinita.

E tuttavia, anche senza controllare, sapevo che da là, nella zona destra della nuca partono i nervi o sensori o non so cosa che corrispondono all'occhio sinistro e ogni mattina che mi alzavo mi sembrava di aver perso un po' di diottrie, o di vederci più annebbiato, insomma di avere qualche problema all'occhio che tra l'altro è da sempre uno dei miei punti deboli, visto che già mi mancano nove diottrie e ho una schisi/distacco di retina di cui non vi sto a raccontare per non aprire un altro capitolo lungo pagine e pagine.

E così ho passato gli altri due giorni a dirmi stai calmo non fare nessuna ricerca su Google, che di sicuro se scrivi "mal di testa orgasmo" o "mal di testa nuca destra" viene fuori che non potrai più trombare per tutta la vita, vita che non durerà molto perché ormai ti resta una manciata di settimane prima di una morte triste e dolorosa.

Ma alla fine ci pensavo lo stesso e non riuscivo più a concentrarmi sul lavoro.

Quindi ho dovuto fare un esperimento.

Ho detto: ora quando Ottavia è di là nell'altra stanza che lavora io mi carico youporn o pornhub o quello che è e mi sparo una sega. Mi sparo una sega perché vai mai a sapere che la sega in realtà non crea il dolore atroce e la terribilità è legata solo all'atto copulativo e allora forse dovrò andare a farmi curare da qualche psicanalista e capire perché adesso il fare all'amore mi crea questa dispareunia declinata al maschile. Che è comunque da preferirsi di molto a una operazione al cervello.

E così è partita la seconda sega scientifica della mia vita.

Perché c'era stato un precedente.

Una settimana dopo il mio sedicesimo compleanno era arrivato il giorno. La mia prima ragazza mi aveva preso da parte e mi aveva detto: domani non ci sono i tuoi a casa, vero? Vero. E allora domani lo facciamo.

E io che per almeno quattro mesi le ero stato dietro a massaggiarle corpo e soprattutto anima per arrivare a questo *domani lo facciamo* non volevo che niente andasse storto.

Ero vergine, lei era vergine e non c'è niente di più goffo da vedere di due vergini che provano a fare l'amore per la prima volta con un preservativo nel mezzo.

Racconti disastrosi sull'uso del profilattico mi erano arrivati per un passaparola romanzato e leggendario da amici e conoscenti.

In più avevo un'altra problematica che mi preoccupava: che per volere della mia granny inglese sono stato circonciso all'ottavo giorno di vita e quindi ho sempre pensato che i consigli o i racconti dei miei amici sul problema del mettersi il preservativo non si applicassero a me e alla mia specificità di ragazzo senza prepuzio, e che quindi avessi un ulteriore handicap in una situazione già non facile.

E allora la sera prima del grande giorno mi sono infilato un preservativo e mi sono masturbato con il profilattico addosso per studiare come si metteva, come reagiva allo sfregamento e che succedeva quando venivo.

Quella è stata la prima sega tecnica o scientifica della mia vita, in circostanze certo più gioiose e spensierate di questa seconda.

E ora che ci ripenso chissà che anche questo parallelo non abbia qualche significato simbolico visto che rifacevo la stessa azione che avevo fatto venti anni prima per procurarmi il know how per la prima trombata della mia vita: magari questa era invece la sega dopo l'ultima trombata della mia vita o addirittura prima della mia morte.

Insomma, aspetto che Ottavia sia nell'altra stanza e vado su un sito porno. Apro sullo schermo tre finestre contemporaneamente (il metodo più sicuro e veloce) e parto con la mano sommerso da questa cornucopia di culi e bocche e cazzi e fiche e in effetti sto per arrivare alla soglia scoscesa che poi ti porta alla venuta, quando ecco che sento salire il dolore dalla nuca, la mano rallenta il ritmo, la staffilata nella testa riparte inconfondibile, il vaffanculo e lo scoramento definitivo pure, e non posso fare altro che bloccarmi un'altra volta.

E questa volta oltre che la testa mi iniziano a fare male pure pancia e testicoli come mi succedeva quando da giovane sentivo un rumore in casa o mia mamma bussava alla porta mentre mi stavo masturbando e allora mi bloccavo e mi assaliva la nausea e il dolore là sotto.
Che era una rottura, certo, ma in fondo poco male: aspettavo un paio d'ore che mia mamma riuscisse di casa e ripartivo.

E invece adesso?

Adesso è tutto finito, non potrò più fare l'amore, provare un orgasmo, godere di un pompino, manco farmi una misera sega da solo, mi aspetta un destino peggiore dell'impotenza perché almeno all'impotente non gli si rizza, e invece quando ci sarà una scena hard in un film, quando vedrò la gonnella di una ragazza in strada alzarsi e quando mi struscerò con Ottavia in spiaggia o a ballare mi diventerà duro, e forse sempre più duro, perché meno vieni e più diventi sensibile e sarò costretto al priapismo perpetuo e mi arriverà un dolore ai testicoli che mi saranno diventati grandi come cocomeri se non sarò morto prima di cancro alla prostata che dice che a forza di non venire non c'è ricambio di spermatozoi e s'infetta non so cosa e se non è quello sarà un tumore al cervello per i dolori di tutti i tentativi fatti per arrivare all'orgasmo – cosa che tra l'altro uno s'inizierà pure ad augurare nei momenti di sconforto più grande.

Accompagnato da questi pensieri di supplizi e malattie terminali sono riuscito ad arrivare al giorno in cui questo tizio di Viareggio mi avrebbe visitato.

Ci ha fatto andare fino a Pietrasanta in una clinica nuova nuova che era di fianco a capannoni industriali sulla strada parallela al lungomare e boh, non so se perché l'appuntamento a me che venivo da Roma me l'aveva potuto dare solo a quell'ora, era un'ora tarda, e c'era scuro e pioveva pure di quella pioggia limacciosa e sporca e il posto aveva un'aria lugubre. Non so se ci ho ricamato sopra con la memoria aggiungendo un po' di scenografia e ricordandola adesso ci vedo dei dettagli e aspetti che nella realtà non c'erano o se invece è tutto vero – tanto non lo potremo mai sapere con certezza perché sono convinto che se chiedessimo a mia madre una testimonianza, lei direbbe che la clinica era stupenda e nuova e costruita con milioni di euro.

E quindi: mamma com'era la clinica? Mi-lio-ni-di-eu-ro.

Invece mi ricordo che ci ha aperto la porta il medico e che dentro la struttura era deserta e non c'era manco una segretaria e sui macchinari che si intravedevano dalle porte semiaperte delle stanze c'erano dei teli di plastica come se fossero appena arrivati, manco spacchettati o boh, come se non li avessero mai usati, o non li usassero mai.

Comunque mi sono seduto davanti al famosissimo neurologo

che fa le operazioni agli sceicchi di Dubai con mia madre di fianco che continuava a dirmi: digli tutto al dottore, digli tutto.

E allora gli ho descritto il dolore alla testa, tutta la questione della spada laser che perfora gli strati partendo dalla nuca e arrivando quasi al centro del cranio, e mia mamma: digli tutto al dottore, tutto.

E allora gli ho detto che dopo la prima botta il dolore scema ma quando ci penso mi torna la traccia del male come un fantasma shakespeariano e mia mamma ha ribadito digli tutto al dottore, tutto.

E alla fine gli ho detto che sì cioè questo fatto succede appena prima dell'orgasmo.

Lui mi ha guardato un attimo e in quell'attimo di silenzio, in quell'espressione del suo volto ho avuto l'impressione che traspa-risse un solo pensiero e quel pensiero fosse: boh.

E quindi mi ha detto:

– Ti devi fare una risonanza magnetica.

E questo l'avevo capito anche da solo.

– E poi?

Ho chiesto, ingenuo.

– E poi sono centosettantacinque euro.

Ecco com'è andata. Cioè, certo, non esattamente così. L'ho resa un po' più brillante per fini di vivacità di scrittura, ma comunque ci siamo andati molto vicini.

Mia mamma quindi ha fatto per tirare fuori i soldi e le ho detto:

– Stai buona, ci penso io.

E ho preso il mio portafogli per certificare la mia indipendenza e autonomia economica raggiunta con fatica a età avanzata e tuttavia finalmente raggiunta, ma avevo solo centosessanta euro e spiccioli perché, ingenuo, non me l'aspettavo mica fossero così tanti e mia madre subito ci ha aggiunto il cinquantino mentre lui ci spiegava che la prossima settimana avrei potuto fare la risonanza magnetica con i loro macchinari brand new che tra l'altro hanno una frequenza di non so cosa di più e poi un altro esame speciale su un'altra macchina che hanno in esclusiva solo loro e che insomma con tremila euro ci facevamo un bel giro di giostra completo.

E quando ha detto tremila euro si è bagnato le labbra con la lingua. Si è bagnato il labbro con quella mossa animale e forse addirittura da rettile che ho letto su un articolo scientifico essere un gesto di compiacimento, o di preparazione al banchetto, del predatore – un tic che mi dà noia perfino quando lo noto in un attore in un film perché mi ricorda che sta recitando, che non è dentro il personaggio, che è consapevole di avere una macchina da presa davanti e pensa di essere sto gran figo. E quindi mi convinco che anche lui, il dottore che fa le operazioni agli sceicchi, vuole, prima di curarmi, i miei soldi.

E allora gli ho detto: grazie arrivederci la richiamo di sicuro, e siamo usciti dalla clinica per bagnarci nella pioggia limacciosa e appena siamo entrati in macchina ho guardato mia mamma e l'ho seccata così:

– Col cazzo che mi rivede più questo.

E quindi è partita una litigata di quelle epocali perché lei diceva: hai visto che hanno tutti i macchinari nuovi di pacca ancora incelofanati e ci fa pagare tremila euro ed è proprio questo pedaggio dei tremila euro che è la garanzia di un ottimo risultato. Sarebbe stata più felice se ce ne avessero fatti pagare cinquemila di euro.

Ma insistevo e le dicevo no mamma non ci sto a fare la cavia per vedere se i suoi nuovi macchinari di merda funzionano bene e quindi magari per avere la prova che funzionano proprio al massimo delle loro potenzialità è meglio quasi che mi trovino qualcosa di brutto.

Della sanità privata non mi fido, che questa mia amica di Catanzaro che aveva dei dolori all'inguine ha fatto l'errore di entrare in una clinica privata dove le hanno detto che le dovevano fare le analisi e tu cosa fai dici di no? e poi le hanno detto che prima curava questa brutta cosa che le avevano trovato e meglio era e tu che fai dici di no? e quindi l'hanno portata in sala operatoria e in sala operatoria ti fanno l'anestesia e sotto anestesia tu dormi e quindi anche volendo non puoi dire di no e quando l'hanno risvegliata le avevano asportato non so cosa ed è dovuta rimanere in corsia per settimane con un filino che le usciva dalla pancia per pisciare, e la beffa era che il dolore per il quale era andata in ospedale c'era ancora, e anzi più forte.

E per fortuna che aveva un cugino che faceva l'infermiere a Parma e le ha passato al cellulare un primario del suo ospedale che le ha fatto una diagnosi telefonica e ha capito che quello che aveva era una infezione che avrebbe potuto curare con qualche pillolina.

Ma ancora peggio è che proprio qualche giorno prima della grande terribilità, un mio amico che non vedevo da tempo mi ha detto che stava lavorando per una società che vendeva impianti medici agli ospedali e mi ha raccontato che tutto il sistema (quello privato figurati, ma anche quello pubblico) funziona per lobbies, perché ci sono società che fabbricano o vendono che ne so, un femore di titanio, un cerchietto per salvare la retina, una vertebra di finto osso e più impianti usano e più soldi fanno, quindi con un metodo di pseudocorruzione pagano vacanze e cene e iPad e tengono liberi posti in cliniche private a quei chirurghi che usano i loro impianti e che nel dubbio se fare l'operazione o meno la fanno e magari hanno pure un brevetto su quegli impianti quindi ogni aggeggio che ti mettono in corpo ci prendono la percentuale come un cantante prende la Siae quando suoni la sua canzone e quindi vatti a fidare che quello che ti consigliano è davvero la cosa migliore anche per te.

Così mi sono imposto e ho detto a mia madre: intanto stavolta andiamo in un ospedale pubblico e facciamo la risonanza lì, e poi alle brutte faremo un lunghissimo giro di incontri con decine di medici (come avevo già fatto per il mio problema alla retina) e ne troveremo uno che ci tiene al suo lavoro e agli esseri umani. Perché ce ne sono ancora, bisogna andarli a trovare con il lanternino, ma ci sono.

Tornato a Roma decisi di provare a prenotare una risonanza magnetica all'autofficina San Giovanni perché mi sembrava il tempo di superare questa fissazione infantile del fare tutte le cure mediche a Pisa e non a Roma – tanto che una volta ci sono anche andato per un caso di pronto soccorso: ho preso il treno, in tre ore sono arrivato a Pisa e ho sostenuto per anni che tutto sommato avevo fatto pure prima.

Tra l'altro stando a Roma potevo dormire insieme a Ottavia, mentre a Pisa ognuno a casa sua, e già facevo fatica a prendere sonno insieme a lei, figuriamoci da solo.

E pensare che quando ci eravamo messi insieme era l'esatto contrario. Era una sorta di perpetuo rivoltarsi nel letto, tutto un twisting and shaking di dormiveglia, un'irrequietezza del sentire la sua presenza estranea fra le lenzuola.

Ho avuto sempre la sensazione che fosse più intimo spartire il letto per dormire che non per trombare.

E mi ero anche fatto fare un letto più lungo su misura per me che sono quasi uno e novanta e quindi spesso i piedi mi escono dal bordo, ma già che c'ero me l'ero fatto fare anche più largo proprio per sperare che un giorno, ognuno schiacciato sul suo bordo, sarei riuscito a spartirlo con la mia ragazza. Lei provava a addormentarsi abbracciandomi e io mi sentivo soffocare. Me ne uscivo guadagnandomi centimetro dopo centimetro la mia libertà verso il confine del letto. E a ripensarci ora in effetti Ottavia è stata la prima con cui ho imparato a dormire sereno per vari giorni di fila. Con le altre era una sorta di prova di apnea. Tre notti e poi via che tornavo nel mio letto a recuperare il sonno, quel sonno vero, sonno nero da sasso nello stagno. Perché per ogni respiro e movimento dell'altro ci sarà un tuo movimento e respiro corrispondente, ogni passaggio alla fase REM di lei si specchierà nel tuo passaggio alla fase REM e quindi cosa succederà con i sogni? Che uno entrerà anche in risonanza e inizierà a sognare con ritmi simili, una danza di viaggi onirici e scuotimenti, respiri, russate sincronizzate. Un abbandonarsi all'altro nel momento dove cade ogni difesa immaginabile.

E invece adesso, la notte prima della risonanza, ecco che ero io a essermi accucchiaiato a lei che mi dava la schiena ed ero io ad abbracciarla con braccia e gambe, quasi a succhiarle il calore, la sicurezza, la tranquillità, e sono rimasto così tutta la notte, evento rarissimo, visto che di solito, a un certo punto almeno, mi giro dall'altra parte solo e fetale.

E tuttavia, nonostante fossi in una situazione di fragilità psicologica da massima allerta e di segni di disagio ce ne fossero diversi, quando mi sono alzato la mattina della risonanza magnetica ho fatto il furbo.

Ho pensato: già mi devo alzare alle sei e quarantacinque perché l'appuntamento è per le sette e mezzo, almeno mi tolgo lo sfizio della colazione al bar tanto mica mi avevano detto vienici digiuno e comunque sempre la testa mi dovevano guardare, mica la pancia – allora ho fatto l'errore di andare a prendermi un cornetto e cappuccino che per me è sempre uno sfizio anzi un lusso visto che io il caffè non lo prendo quasi mai perché mi schizza e non prendendolo mai le rare volte che lo prendo mi schizza ancora di più.

Mi sono fermato al bar all'angolo di casa mia e casa mia sta in quella zona ambigua che quando succede un evento culturale viene chiamata Pigneto ma quando succede un fattaccio di cronaca torna a essere Torpignattara. E a Torpignattara, nonostante l'arrivo di giovani semi artisti semi spiantati semi intellettuali semi ricchi semi poveri come me, ci abitano ancora per la maggior parte romani o meridionali di umili origini, bengalesi, cinesi, rumeni e il caffè quindi è fatto non tanto per goderne del gusto quanto per assorbirne l'effetto di eccitante.

Il caffè lì è fatto per quelli che dormono quattro ore a notte e poi c'hanno da montare travertini o guidare camion fino in Ungheria o sollevare casse della frutta da venti chili a botta, insomma quei mestieri di fatica per cui il caffè è controbilanciato dall'unico lavoro che l'uomo ha fatto per milioni di anni e cioè quello fisico.

Il mio massimo sforzo fisico durante il lavoro è invece premere con le dita i tasti del computer e far ondeggiare col culo la sedia girevole e infatti non appena ho finito il cappuccino mi è partita la prima avvisaglia della botta in arrivo e l'aver mangiato la pasta con la crema ha fatto poco da cuscinetto. Perché il caffè sembra non far nulla quando te ne fai cinque al giorno, ma prova a smettere per una settimana.

Insomma mi è arrivato il colpo che di solito mi porta a una botta di allegria immotivata e uplifting and groundbreaking thoughts e quindi mi sono avviato verso l'ospedale in motorino senza accorgermi della fregola che mi montava.

Arrivato davanti all'ospedale non avevo ancora capito fino a che punto mi stava salendo. Sono entrato e alla reception una signora un po' sgarbata ha letto i fogli che mi portavo dietro e mi ha detto scendi al piano di sotto e quindi ho seguito le indicazioni del suo dito, ho preso le scale e sono calato nell'intestino dell'ospedale, là dove conservano i macchinari più costosi e radioattivi.

Ho percorso il corridoio e la luce entrava di sguincio dalle finestre dell'ammezzato e un direttore della fotografia di thriller non avrebbe saputo fare meglio, e per aumentare l'effetto avevano fatto sparire tutte le comparse e così non vedevo nessuno, sembrava che fossero scappati o morti tutti tranne un'ombra in fondo al corridoio che ho scoperto essere un infermiere burbero, di quelli che non hanno voglia di fare molto, che m'ha detto levati il maglione e poi ha fatto per aprire la porta imbottita o blindata che dava sulla stanza a chiusura stagna per via delle radiazioni e quindi loro si proteggono mentre tu ci vai dentro e magari per vedere se hai una malattia ti prendi un'altra malattia e ho iniziato ad agitarmi perché la porta non si apriva e quello smadonnava mentre tirava la maniglia e alla fine ha tirato un calcio forte sullo spigolo in basso e finalmente ha avuto ragione della porta e siamo entrati nella stanza tutta sigillata con i vetri molto spessi e piombati e lui mi ha fatto vedere la macchina della risonanza che è tipo una lavatrice con la stessa entrata a oblò ma molto più lunga e però dentro non ci mettono i vestiti sporchi ma te – tramite un lettino che scorre dentro – e io ho provato a chiedere come funzionava e lui, con quella scoglionataggine e pressappochismo che può andare a fagiolo in un ospedale dove qualcuno potrebbe avere un problema grave al cervello e ha bisogno di rassicurazione, mi ha risposto:

– Mo' t'infilo dentro e ci stai un quindici minuti.

E io ho detto:

– Ah, ok, grazie.

E ho pensato: allora posso stare tranquillo, mi avrebbe rincuorato, ci fosse stato da rincuorare, mi avrebbe aiutato, ci fosse stato da aiutare, non staremo di certo assistendo al grado di empatia zero che può avere un panaio con la pagnotta che deve infilare in un forno.

Quindi mi tolgo i jeans, la camicia, l'anello al dito, mi preparo per questa infilata nella grande lavatrice degli umani quando quello, a tradimento, mi fa:

– Se ti senti male, o per qualsiasi cosa, premi questo tasto.

E mi ha dato in mano un cubo di plastica grigia con un tasto rosso e un filo spesso che sembrava un articolo da carnevale, la parodia di se stesso. Una prop di scena che avrebbero potuto usare per uno spettacolo al Bagaglino o per uno sketch dei Monty Python e quindi l'avere questo tasto in mano non è stato motivo di grossa rassicurazione perché: uno) se mi dai in mano il tasto da pigiare in caso di problemi vuol dire che ci possono essere dei problemi; due) figurati se questo filo ridicolo collegato a qualche attrezzo che aveva lui dietro la porta avrebbe mai funzionato.

Mi ha fatto stendere sul lettino, mi ha incastrato la testa in una sorta di pinza della grandezza del cranio, con un asciugamanino sopra, e mi ha detto ciao o forse manco quello, è uscito dalla porta sigillata che si è chiusa con un rumore sordo, ho sentito nelle orecchie una sorta di risucchio come quando in aereo decolli e sono rimasto da solo dentro questa bolla di silenzio e di aria pressurizzata e il lettino si è mosso ed è entrato dentro un tubo stretto stretto e, mentre venivo risucchiato dentro il tunnel della risonanza con la scatoletta in mano, mi sono fatto piccolo piccolo e ho pensato: ma anche se putacaso pigio questo minchia di tasto rosso, anche se putacaso questo minchia di tasto rosso va, la porta comunque è incastrata.

E mi è salita un'ansia che mi mordeva il buco del culo ma ho fatto finta che invece no, ho chiuso gli occhi mentre il lettino entrava fino in fondo e continuavo a dire: ora mi faccio una bella dormitina alla faccia del tubo, della risonanza magnetica e dei cancri al cervello.

Ci sono entrato moscio, pensando che non ci sarebbero stati grandi problemi.
Così come il Barcellona può affrontare il Valencia alla quarta del girone di ritorno e finisce che ci prende le pallonate.

Anche perché io ce l'avrei avuta una tecnica che di solito mi salvava nei momenti di dolore: la tecnica Panagulis. Ma non tornavo da dentisti e medici da anni e poi io non ho mai sofferto ma proprio mai di claustrofobia. Anzi.
Quelli che soffrivano di claustrofobia ma anche di vertigini, insomma di qualsiasi cosa per cui non c'era una ragione razionale per avere paura, per me erano una sorta di minorati mentali.
Non che glielo dicessi o che ne fossi consapevole (ovviamente me ne sono accorto solo quando poi dalla parte del minorato mentale ci sono finito io) ma li trattavo con la sufficienza del bambino più grande che sboroneggia col più piccolo perché ha paura del buio.
Proprio non li capivo: anche se sotto ci sono seicento metri di burrone, davanti a te c'è la ringhiera e quindi non caschi. Se entri in ascensore e si ferma tu pigi il tasto dell'emergenza e se il tasto dell'emergenza non va tu urli o apri a forza la porta insomma in qualche modo ne esci.

Ma per spiegarvi quanto non soffrissi di claustrofobia vi devo raccontare una storia.

Quando ero al liceo andavo in libreria per l'ora alternativa. Spendevo la maggior parte del tempo a guardare le cartine del mondo. C'erano questi atlanti enormi e pesantissimi vecchi di qualche decennio. Li stendevamo sui tavoli e li aprivamo a due mani, ammiravamo i confini politici, le linee delle catene montuose, fiumi e laghi.

Queste ore le passavo con un mio amico che si chiamava Ciana. Cioè si chiamava Marco Giannerini, ma poi al liceo in Toscana ci si chiama solo per cognome e quindi era il Giannerini dopodiché il nome si era distorto da Giannerini a Cianarana e quindi poi solo Ciana.

Organizzammo là in quella biblioteca, davanti a quegli atlanti ingialliti, il nostro primo interrail in Spagna e Portogallo.

Ma non è dell'interrail che vi devo raccontare.

Vi devo raccontare di un viaggio più breve, di tre giorni. Scegliemmo dove andare perché avevamo notato sulla cartina un simbolo strano, una sorta di semicerchio nero. Dalla legenda all'inizio del librone avevamo scoperto che quello era il simbolo di una grotta. E quel simbolo in particolare era in Umbria accanto a un monte che si chiamava monte Cucco.

Partimmo appena finita la scuola. Era giugno, c'era il sole, avevamo sedici anni, uno zaino sulle spalle, tutta l'estate e la vita davanti.

Arrivammo in treno fino ad Arezzo o Montechiari, senza biglietto ovviamente, facendo il trucco del: mi piazzo nel punto del treno dove il controllore arriverà per ultimo, scendo a una fermata a metà tragitto e corro per risalire dalla parte del treno dove il controllore è già passato.

Poi da Montechiari ci si mosse in autostop.

Ora fare l'autostop è facile se devi andare da una parte piccola a una grande. Che ne so da Ribolla devi arrivare a Roma ma molto più difficile fare il contrario. Soprattutto se non hai idea di dove o cosa sia la tua destinazione che è solo un puntino sulla cartina dove tu hai piazzato un dito: un semicerchio nero che, a detta del vecchio atlante, dovrebbe essere una grotta che tu non hai mai saputo se esiste o no, né dove si trovi di preciso, se c'è una strada o un sentiero che ci arriva, e non c'è internet dove troveresti foto, commenti, suggerimenti, e vivi in un'epoca dove dell'iPhone non c'è traccia nemmeno nella periferia della testa di Steve Jobs e il cellulare in teoria esiste ma è una valigetta di quindici chili che si portano dietro dei ricercatori nei laboratori di Pasadena. E quando a mensa a qualcuno di loro scappa detto: "Un giorno forse lo useranno tutti...", gli altri scienziati ridono forte.

Ma noi c'arrivammo. Incoscienti liberi e ingenui. Talmente ingenui che a un certo punto ci caricò un ragazzo sui vent'anni su una Diane rossa, capelli lunghi, collanina con simbolo della fogliolina della marijuana al collo, che mentre correvamo nella campagna toscana ci disse:

– Come ci vorrebbe un cannone adesso...

E io risposi:

– E per sparare a chi?

Eravamo così tanto ingenui, ma anche così tanto liberi. Liberi come non lo saremmo mai più stati. Ogni cosa era illuminata della luce unica dell'orizzonte delle possibilità. Potevo essere un Chatman, un Tupamaro, un astrofisico.

In fondo, in un angolo non troppo remoto del mio cervello, pensavo che sarei stato tutte queste cose insieme.

Si dormì la prima notte piazzando la tenda su una rotonda poco lontano dall'uscita della superstrada, da un fruttivendolo chiuso di un paesino umbro rubammo l'anguria più buona che la terra mai partorì e finalmente arrivammo alle pendici del monte Cucco. Dormimmo in mezzo a un prato accanto a un abbeveratoio di pietra e la mattina ci svegliarono i musi delle mucche che deformavano i teli della tenda perché volevano capire cos'era o chi c'era.

Chiedemmo della grotta al pastore delle mucche e lui ci indicò una strada. Era un viottolo sterrato che costeggiava il monte. Arrivammo all'entrata, ma non erano le grotte che ci eravamo immaginati. Ci aspettavamo delle grotte tipo Postumia cioè con il baracchino e la biglietteria e la guida che ti fa fare il giro, e invece non c'era niente di niente di niente tranne un buco che scendeva dritto come un pozzo nella pancia della montagna.

Ah sì, e c'erano dei cartelli arrugginiti e sbilenchi che dicevano "Vietato Entrare" e "Pericolo di Morte" e altre cose del genere.

Ma a parte i cartelli arrugginiti non c'era nessuno. C'eravamo solo io, il Ciana, il monte e il buco.

E nel buco c'era una fune che scendeva, e un cinque metri più sotto una scala di ferro spaccata a metà e arrugginita peggio dei cartelli sopra.

E io e il Ciana non ci pensammo un attimo: si prese la corda stretta nelle mani e mettendo piede dopo piede sulle pareti del pozzo ci si calò giù tipo arrampicatori fino a raggiungere la scala e da lì, reggendosi con una mano alla corda e l'altra alla scala e stando attenti ai gradini spezzati, si scese fino alla fine del pozzo.

Eravamo quindici metri sotto terra. La luce arrivava dall'alto come da un rosone di una chiesa e in fondo, dove stavamo noi, si biforcavano due tunnel. Se ne prese uno a caso, illuminando il cammino con le torce – due torce flebili con le pile mezze scariche –, a tratti piegati in due perché il tunnel si restringeva e poi si allargava in spiazzi e poi si piegava in rientranze e altri bivi.

Non so nemmeno se si tenne conto delle svolte che facevamo. Arrivammo a un certo punto a una sorta di grotta. Spengemmo le torce e rimanemmo così in silenzio per una mezz'ora.

Eravamo dentro l'intestino del monte, nel culo del mondo. E ci stavamo bene. Soli, al buio, chiusi, con il rischio di rimanere lì sepolti per sempre morendo di fame e di stenti.

Sì, perché, quando poi si decise di tornare (visto che manco le pile di riserva ci eravamo portati), si risalì con la scala e poi la corda e, mentre ci godevamo la vista dei boschi e del monte, dal nulla sentimmo qualcuno arrivare da sotto.

Erano un gruppo di speleologi con faretti sulla testa e ganci e imbracature che salirono mettendosi in sicurezza attaccandosi alla corda con i ganci fatti apposta (non come noi reggendosi con le mani alla cazzo di cane) e slegarono la corda che ci aveva portato giù e soprattutto su, e se la misero nello zaino perché la corda era loro e se ne andarono facendoci ciao.

E noi rispondemmo ciao, certo, ma intanto avevamo capito benissimo cosa si era rischiato: se fossero tornati prima di noi, da un altro tunnel, ci avrebbero portato via la corda lasciandoci a marcire là sotto perché non c'erano cellulari non c'era nessuno intorno e nessuno nemmeno sapeva, né mamme né amici, dove eravamo.

E però, appena se ne furono andati, già ce la ridevamo riraccontandoci la follia della cosa: eravamo esaltati, altroché paura. Era stata meglio di un'avventura a Dungeons & Dragons.

Ecco quanto ero claustrofobico.

Insomma quel giorno davanti alla risonanza magnetica non avevo motivo di temere nulla rispetto all'entrare in un tubo poco più grande di me, quindi le evidenti avvisaglie del disastro a cui stavo andando incontro furono sottovalutate.

Ho avuto solo il buon senso di dire forse questo caffè mi ha proprio schizzato e allora sempre a occhi chiusi ho iniziato ad applicare se non la tecnica Panagulis almeno quella del respiro calmante.

Avrei voluto tenere duro sulla linea *mo' mi faccio una bella dormita* ma il caffè e l'episodio della porta e il fatto che non mi fidassi di quel tizio mi avevano agitato e più stavo dentro più era peggio e per calmarmi allora ho iniziato a usare la tecnica inventata a Londra nell'autunno del novantotto quando avevo da poco iniziato a fare una mia personale cura disintossicante per la paura e il senso di colpa che avevo da tutte le sigarette, l'alcol e le droghe che mi ero messo in corpo e allora correvo, mangiavo sano e leggevo libri su come recuperare la salute e la giovinezza che ormai avevo paura di aver perduto e avevo letto su un quotidiano che la lunghezza di vita degli animali all'incirca si può determinare dal numero di battiti cardiaci. Il cuore del colibrì batte seicento volte al minuto e lui vive sei mesi, la tartaruga ha sei battiti al minuto e vive centoquaranta anni, insomma ogni essere vivente ha a disposizione non anni o giorni ma circa centocinquanta milioni di battiti di cuore.

Perciò, quando per esempio salivo sulla metropolitana, chiudevo gli occhi e iniziavo a rallentare il respiro, il respiro lungo calma il sangue, l'organismo entra in una sorta di stato di quiete e il battito del cuore diminuisce e così tu guadagni qualche secondo di vita. Inspiri contando fino a cinque, espiri contando fino a cinque, poi espiri contando fino a sei, inspiri fino a sei e via così fino a quando arrivi verso sedici, diciassette, e allora ti sei calmato se non sei addirittura entrato in uno stato di torpore (ed è stato provato scientificamente che se respiri forte e fai entrare l'ossigeno nel torace e quello si gonfia allora arriva un segnale al cervello che ti fa calmare).

Dico: semplice allora. Altro che Serenase e Xanax. S'è scoperta l'acqua calda, perché non lo vai a dire in giro alla gente?

È che non è così semplice come potrebbe sembrare, c'è da fare comunque una sorta di lotta contro l'ansia e non è scontato che tu la vinca anche perché quella ha una serie di armi e di trucchi per fregarti.

Nel caso migliore, quando non sei troppo agitato, e stai facendo la tecnica del respiro calmante appunto come tecnica yoga più che come medicina, ti frega perché calmandoti ti annoi o comunque il meccanismo mentale ti fa arrivare a dire mah, ora basta, sarà sufficiente, e ti ritrovi senza accorgertene a respirare normale come all'inizio dopo neanche un minuto.

Ma la lotta peggiore avviene quando sei molto agitato, e l'ansia che sale fa a braccio di ferro con te che stai provando a calmarti. Proprio perché ti sta salendo l'ansia, tu provi a respirare tanta aria subito all'inizio e così non riesci a fare un respiro lungo perché ormai ne hai incamerata troppa e allora ti blocchi che non hai più spazio per altra e quando espiri butti fuori tutto d'un colpo, e insomma ti sembra impossibile non dico arrivare a sedici ma a otto, a sette secondi quando tu sai che ce l'hai fatta tante volte e allora ti prende il nervoso.

Ecco, ero proprio nel mezzo di questa battaglia, con la strana e inquietante sensazione di stare in questo tubo stretto e la prepotenza del caffè che mi circolava in corpo non aiutava. Stavo ingaggiando una delle più dure battaglie della mia vita con il respiro calmante e arrivavo, che so, a otto o nove secondi – poi però espiravo troppo velocemente e allora tornavo a sei e allora dài che dovevo recuperare.

E mentre ero in uno di quei momenti, stavo lottando per superare il nove o il dieci e non scendere sotto il sette, è entrato a cattivo, a gamba tesa, a tradimento, il rumore malefico, senza che nessuno mi avesse avvisato.

Tipo così:

ratatatatarraratat

e poi:

ttatattatatatatrattatara ratata
rtartartatatatatrtaatrt tarat artaatarat
aratarataratataratar atata
tarara
taraa ratar rarara
raratartttaratatartatratra tatat ataraatatraaarataratart

Non sto mettendo le "t" e le "r" a caso, cioè sì, le ho messe a caso ma per farvi capire che la sequenza non è prevedibile, la sequenza è completamente random. Piccole botte, poi silenzio, poi lunghissima sequela di botte, poi di nuovo molto silenzio, tanto che dici forse è finito e appena speri che sia finito ecco che riinizia più incazzato di prima e così via senza alcun metro per capire cosa succeda.

Questo rumore ha ovviamente spezzato la tecnica del respiro calmante e anzi il dito sul tasto rosso ha avuto un sussulto perché ho pure pensato che si fosse rotta la macchina della risonanza.

S'è scassata, rimarrò intubato qua così a lungo che dovranno chiamare i pompieri a estrarmi, e intanto chissà quanti microsievert di radiazioni mi stanno arrivando ora che è rotta.

Cazzo, avvisiamola la gente, diciamoglielo: "A un certo punto sappi che ci saranno dei rumori terribili come dei martelli pneumatici, non ti spaventare, è normale".
Solo questo sarebbe bastato.

O, se tu volessi fare davvero bene il tuo lavoro di infermiere, dire: "Occhio che qui è come al luna park, e a un certo punto dentro il tunnel dell'orrore parte la techno... solo che il dj è molto drogato e quindi è una techno un po' particolare".

Tu entri nel tubo e pensi di essere nel trenino del luna park e quando arrivano i rumori terribili ti viene in mente un dj nano e scoppiato nascosto sotto la macchina del tunnel con la sua piccola console e ti fai pure una risata e quelli non sono più dei suoni brutti e inquietanti, perché te l'hanno raccontata in un modo diverso, ti hanno insegnato a ridicolizzare ed esorcizzare quella paura che in fondo questo è l'utilizzo più nobile della narrazione, e di tutti i casi in cui dovrebbe essere usata nel mondo questo del medico che ti deve curare è probabilmente il più nobile di tutti.

Invece mi sono arrivati dal nulla questi suoni che avranno una frequenza precisamente tarata per mettere l'ansia – l'avranno studiata i tecnici dell'esercito nordcoreano per spaventare i dissidenti e le truppe nemiche, e insomma l'attacco d'ansia a questo punto si è manifestato nella sua interezza e sono stato costretto a passare alla tecnica Panagulis.

La tecnica Panagulis è nata per resistere a momenti in cui c'era effettivamente da sopportare del dolore, in particolare quando dovevo andare dal dentista a farmi trapanare.
È nata dalla lettura di diversi testi durante il mio periodo di fer-

vore rivoluzionario che iniziò a sedici anni e si ispessì con varie letture e film tipo *Un uomo* della Fallaci o *Gli invisibili* di Balestrini o *Roma città aperta* di Rossellini, e allora ogni volta che c'era da devitalizzare un dente o entrare all'ospedale per farmi prelevare il sangue o quando mi sono andato a mettere l'orecchino mi è venuto naturale pensare a Panagulis e a quelli che sono stati torturati e ammazzati come lui, tipo i partigiani piemontesi o gli anarcosocialisti di Kronštadt e mi dicevo: cosa vuoi che sia un dente trapanato in confronto a quello che hanno subito loro, ricordati di Alekos, pensa che gli hanno estratto le unghie dei piedi con le pinze, che gli hanno asportato un testicolo e l'hanno reso zoppo a forza di fargli la falanga e cioè che gli tiravano dei colpi fortissimi sotto la pianta dei piedi con delle spranghe di ferro e così arrivavano scosse elettriche dritte al cervello, pensa alla contessa Alba Giusti Cimini che con gli amici della banda Koch ha torturato la figlia di un partigiano infilandole un manico di una scopa dentro l'utero e spaccandole tutti gli organi.

Vuoi tu frignare per una trapanatura al dente? Vuoi tu avere paura di una siringa, dei rumori di una risonanza magnetica, di stare quindici minuti in un tubo di plastica quando gli anarchici furono chiusi nelle celle di metallo grandi come gabbie per cani e fatti morire di fame e di freddo in Siberia?

Lascio perdere la tecnica del respiro che ormai è stata spezzata dai rumori nazisti e comunque è troppo debole per questa situazione e provo a rientrare sulla tecnica Panagulis, ma ovviamente mi serve entrarci a gamba tesa e quindi salto i capitoli di ebrei polacchi e antifranchisti garrotati e vado dritto sul massimo della potenza della tecnica e cioè lavorare su cose che sarebbero potute succedere a me.

E quindi inizio a pensare a Bolzaneto.

Perché il venti luglio del duemilauno, appena arrivato con Irene, la mia ragazza del tempo, a Genova, ci siamo ritrovati in una situazione per nulla piacevole.

È che non eravamo preparati perché non avevamo previsto di andarci: mi avevano pagato per uno dei miei primi lavori. E quindi quel giorno ero lì a Pisa che stavo facendo delle riprese, e mi tenevo un auricolare in un orecchio per ascoltare le notizie alla radio, e man mano che le ore passavano mi saliva l'ansia, il nervosismo, la rabbia.

Ma tutto era precipitato quando, a metà di quel venti luglio, mi aveva chiamato una mia amica che stava lì alla manifestazione con quelli della rete Lilliput.

Mi chiama che sta piangendo, mi chiede se sono a Genova, se ho una macchina, dove sono, se posso riportare a Pisa sua sorella che sta male. Mi racconta fra i singhiozzi che sono stati rincorsi e pestati dalla polizia, nonostante le mani alzate, e che sua sorella, una signora di cinquantacinque anni, l'avevano calpestata con gli anfibi, setto nasale spaccato, mandibola fratturata.

Smetto di lavorare, e decido di partire. Forse la storia stava davanti a un bivio e presa una delle due strade non sarebbe più tornata indietro, forse eravamo di fronte a uno di quei giorni non voglio dire come piazza Fontana, ma insomma tipo.

Riesco a convincere i miei datori di lavoro che avrei finito il giorno dopo e parto con la mia ragazza alla volta della Liguria.

Solo che, parcheggiata la macchina in una strada anonima della periferia di Genova, non sapevamo dove andare – non avevamo idea di quali e quanti fossero i cortei e in che punto della città si trovassero a quell'ora. Mi ero anche portato una radiolina ma le notizie arrivavano a intermittenza e confuse, c'erano già scontri e cariche.

Allora abbiamo preso come riferimento un elicottero della polizia e siamo andati in quella direzione e dopo aver attraversato strade e piazze deserte ci siamo finalmente trovati dentro uno spezzone di un corteo sul lungomare, e manco abbiamo fatto in tempo a metterci dietro uno striscione o a gridare uno slogan che ci hanno caricato una prima volta e ci siamo messi a correre indietro, poi ci siamo fermati per tipo cinque minuti e ci hanno caricato un'altra volta e poi fermi altri tre minuti e siamo andati ancora più indietro. E a quel punto eravamo come imbottigliati, con due gruppi di Celere che ci premevano dai lati e gli scogli e il mare dietro e il nostro spezzone ormai alla deriva, e questa coppia di Cesena che avevamo appena conosciuto e a cui ci eravamo uniti per senso di smarrimento voleva tornare alla macchina e andare via.

E la mia ragazza sarebbe andata con loro. Ma io ero scettico. Mi avevano sempre insegnato: resta nel corteo, perché se esci nessuno ti può aiutare, nessuno è testimone. Dentro il gruppo, se stai attento, sei protetto.

E sembravano consigli di altri tempi, consigli per un'altra epoca, ma forse quel giorno eravamo entrati in una sorta di piega temporale Dickiana del futuro che si avviluppava con il passato e infatti i due ragazzi sono andati via e poi abbiamo saputo che li hanno presi e portati alla caserma Bolzaneto.

E per essere portati a Bolzaneto non c'era un criterio per cui chi aveva lanciato sassi era diverso da chi stava con le mani alzate – così, quando leggi cosa è capitato a chi ci è finito sai che solo per uno scherzo del destino non eri tu al suo posto. E allora cosa è successo a lui è quello che è successo a te, in una sliding door della vita che non avevi visto aprirsi.

E così, dentro quella risonanza magnetica, mi dicevo: pensa se tu fossi andato via con Irene insieme alla coppia di Cesena e ti avessero portato nel carcere, chiuso per tre giorni e tre notti senza vedere avvocati e medici, mentre i poliziotti cantavano *Faccetta nera* e *Uno due tre viva Pinochet* e ti lasciavano in piedi per ore a pisciarti addosso e ti davano le manganellate se non stavi in piedi e ti strappavano orecchini e piercing dal naso e sentivi le urla dalle sale degli interrogatori e alle ragazze sussurravano all'orecchio ora ti portiamo di là e ti stupriamo... ecco pensa se quella ragazza era proprio Irene, cosa avresti fatto, come avresti reagito, come ti avrebbero torturato dopo?

E ora ti vuoi mettere a frignare per una stupida risonanza magnetica?

E così grazie alla tecnica Panagulis sono riuscito a resistere nel tubo per un tempo che non so quantificare ma che per me è durato una quaresima, e pensavo di avercela fatta, anche perché i rumori sembravano finiti. E invece dopo un'oasi di silenzio sono ripartiti di scatto, sono ripartiti sorprendendomi e lì mi sono fregato e mi è venuto d'istinto da fare l'errore più grande.

Penso di averlo fatto proprio perché impreparato a questo tipo di fobia. Cioè se ne avessi mai sofferto prima, sarei stato più attento, avrei saputo che dovevo rimanere buono steso e calmo e invece per curiosità, o per sfida, ho fatto la cazzata e ho aperto gli occhi.

Ho aperto gli occhi e ho visto il soffitto del tunnel a dieci centimetri dagli occhi, illuminato dalla luce verdognola che mi circondava e ho realizzato che ero davvero chiuso, intubato, una grande supposta nella sua piccola capsula, e ho pensato oddio non posso nemmeno piegare il collo per alzare la testa e vedere cosa succede, ora se mi alzo spacco tutta la macchina che sarà molto fragile e fatta con materiale tecnologico delicato e però in questo momento per me questa merda di tubo non è altro che una gabbia, e mi si è bloccato il respiro, mi si è chiusa la vena del cervello. Il comando del sistema nervoso centrale, quello più interno e primitivo, ha detto ok, stop e ho iniziato a soffocare.

Insomma, quello strano panico che stava covando ha eruttato in una sensazione nuova, sconosciuta, una scarica di adrenalina ma non di adrenalina normale, ma amara e velenosa, una botta di tensione inarginabile, il controllo andato completamente a puttane.

Ho avuto la netta percezione che stavo rischiando davvero, che premere il tasto non sarebbe servito a niente, che chissà se funzionava, e che comunque non avrebbe sortito l'effetto immediato di allarmare l'infermiere che magari stava a giocare a Tetris con il suo smartphone e se avessi aspettato ancora mi si sarebbe rotto qualche ingranaggio delicato nel cervello che forse non sarei riuscito più ad aggiustare e sarei scoppiato a urlare, avrei iniziato a piangere e gridare, avrei scardinato tutta la macchina facendo (tra l'altro) danni da milioni di euro.

E allora ho capito che avevo perso. Che non avevo alternative: che dovevo pigiare il bottone rosso dell'emergenza e pregare che andasse.

E così ho fatto: ho pigiato il bottone rosso dell'emergenza e ho iniziato a pregare.

Blocca sto cesso e tirami fuori, maledetto infermiere che non sei stato in grado di fare la metafora del dj drogato e nano.

Ho pregato per svariati secondi e non è successo niente e allora ho pigiato il tasto una seconda e una terza e una quarta volta.

E quando ormai mi ero rassegnato a sfondare la macchina e pagare quanto ci sarebbe stato da pagare, finalmente ho sentito muoversi il lettino e il meccanismo meccanico lo ha fatto scivolare fuori dal buio e sono uscito a rivedere la luce verdognola e radioattiva dentro la stanza della risonanza magnetica.

Mi sono alzato in piedi che stavo tremando, e anche se ancora ero solo dentro quella stanza sigillata, almeno i rumori della risonanza erano finiti, e poi si è aperta la porta ed è entrato l'infermiere ed ero mortificato e mi vergognavo per aver avuto una reazione del genere. E ho pensato che non mi potevo arrendere, che come diceva mio padre: Johnsons never surrender, e se ci entravo adesso più convinto, applicando la tecnica Panagulis e del respiro calmante fin dall'inizio, questa volta ce l'avrei potuta fare, sarei stato pronto all'esperienza e ai rumori, e poi in fondo avevo premuto il tasto per essere sicuro che funzionasse e che lui fosse là al suo posto pronto a intervenire e non su al bar a mangiare la pizza con la mortadella.

E così gli ho detto con la testa bassa, senza mai guardarlo negli occhi, che non mi aspettavo i rumori, che mi sono agitato ma solo un attimo, che se mi lasciava calmare cinque minuti ci riprovavo.

Ma lui mi ha fatto: io l'ho visti quelli come te, quelli come te una volta usciti non ci rientrano più.

E *in quelli come te* ovviamente c'era sottointeso: i minorati mentali, i deboli di nervi, insomma i poracci.

Ho provato a insistere ma lui mi ha detto di no, categorico, che poi c'era un altro in fila e comunque la macchina ha fatto il suo ciclo, per riaccenderla sono soldi, e appena dopo aver pronunciato la parola "soldi" ha spento la macchina e ha provato a rassicurarmi che comunque un po' dentro ci ero stato, qualcosa magari si sarebbe visto nelle lastre, qualche dato la macchina l'avrà pure assorbito.

– Fidati, io li conosco quelli come te.
Mi ha ribadito.

E alla fine ho chiesto scusa, ho detto grazie e sono andato via, seguito dal suo sguardo come se mi avesse appiccicato sulla schiena un pezzo di carta con lo scotch con sopra scritto "ritardato" o "sfigato", "gnegnegne fighetta", "tornatene al tuo paese, borghesuccio inglese dei miei coglioni".

Hai gli attacchi di panico e sei un debole.

E tutti quei pensieri inconsapevoli che avevo avuto per gli altri mi sono tornati addosso a boomerang come il karma di un despota arrogante.

Ho risalito le scale e sono uscito fuori dall'ospedale e c'era un cielo grigio e denso come un coperchio sopra la città, ma almeno il vento spazzava via l'aria che mi sembrava perfino pulita per quanto era malata lì sotto e sono montato sul motorino e, anche se sotto shock, sono riuscito ad accenderlo e partire e ho cominciato a girare con il mio scooter per le strade di Roma con la sensazione che il mezzo fosse nelle mie mani, sotto il mio controllo, che potevo andare senza fretta facendo curve senza frenate e accelerate improvvise, fregandomene di tornare a casa subito, e l'aria che mi arrivava addosso mi riempiva i polmoni e mi ripuliva il sangue dalle tossine dell'attacco di panico e della claustrofobia.

Posso andare dove e come voglio, ho pensato: sono libero di andare al mare a Ostia, o sul Gianicolo a vedere tutta Roma dall'alto, o magari ai laghi o addirittura sull'Aurelia e poi verso la Maremma e i suoi campi aperti che danno sul Tirreno e forse proseguire addirittura verso Pisa e pure più a nord anche se poi, a pensarci meglio, ma che ci vado a fare più a nord?

Ma se ci penso meglio anche a Pisa, se è per questo, che ci vado a fare: vedo il lungarno, saluto i miei, mangio un etto di cecina e poi?

E allora se vogliamo dirla tutta pure al Gianicolo o a Ostia che cazzo mai ci andrò a fare?

Nulla ci vado a fare.

E alla fine allora ho preso la rotonda di Re di Roma, e poi la Casilina e sono tornato a casa.

E appena sono salito su ho raccontato a Ottavia di questa seconda e forse ancora più terribile terribilità, e la notte ci siamo trovati a letto uno di fianco all'altra sapendo tutti e due che per superare questa sindrome post traumatica quello che ci voleva era proprio fare l'amore e rilassarsi accanto mezzi sudici e sfatti, con il fiatone e i pensieri che corrono liberi come scooter sulle strade alberate e invece non si poteva fare.

– Domani chiamo la mamma di Maddalena e capiamo quando torna.

Mi fa lei.

– Ok.

Le faccio io.

– Ora prova a dormire.

Dice lei.

– Tranquilla.

Faccio io.

E lei tranquilla si addormenta, ma invece io manco per niente, mi rivolto nel letto e penso che adesso non ho nemmeno una possibilità di capire cosa mi sta succedendo al cervello e resterò nel dubbio per chissà quanto tempo.

Forse quasi meglio saperlo di avere un male, che restare nel dubbio e avere mille paranoie.

E allora le sirene di internet mi hanno chiamato, mi hanno cantato della cornucopia di informazioni che hanno nel ventre, della lotteria con il biglietto vincente, fosse anche un biglietto su cento da pescare per sentirsi dire che questo mal di testa è tutta una gran cavolata, una cosa da nulla.

Provo a non far sentire a Ottavia che non riesco a addormentarmi e quando sono certo che lei invece è andata, mi alzo dal letto e vado in cucina con il portatile.

Mi metto a cercare "mal di testa", "mal di testa orgasmo", "mal di testa nuca destra", e vedo subito sulla schermata di Google che in italiano c'è poco, e sembrano notizie non confortanti a prima vista (che poi sulla rete va molto più forte la catastrofe della speranza, lo sapevo no?), allora cambio subito e vado con "headache sex", "headache orgasm", e mi si apre un sito porno e non faccio a tempo a realizzare che non dovevo cliccarci che per partenogenesi si moltiplicano i link di altri siti con foto e filmati di donne in posizioni scandalose e oscene, intrecci di carne, cazzi giganti, tette oliate, visi che accolgono polluzioni e di nuovo mi viene duro e di nuovo mi sparerei una sega ma non scientifica, proprio una sega di gusto, e senza pensarci inizio a toccarmi e nemmeno son partito che sento la nuca che pulsa, la nuca che dice dài provaci ti sfido provaci ti sfido testa di cazzo, stavolta ti faccio penetrare da uno spunzone di quelli che ci infilano i kebab, ti dipingo la stanza con schizzi di sangue sulle pareti, e allora capisco che è da pazzi anche solo provarci, ci rinuncio, spengo il computer, vado in bagno e mi faccio una doccia tiepida perché fredda lì per lì è fredda ma poi la circolazione si riattiva e dopo mezz'ora rischi di averci una stanga che ti alza le lenzuola nel letto.

Mi faccio la doccia tiepida, da vecchio, mi asciugo i capelli, mi metto l'accappatoio e le pantofole e torno a letto perché poi, a pensarci bene, non è che mi resti molto altro da fare.

Ho trentotto anni, anche a essere fortunati e arrivare là dove la media italiana arriva e cioè a settantasei vuol dire che ne vivrò altrettanti, di cui dobbiamo mettere in conto un cinque, dieci fra ospedali, operazioni, sale d'attesa, mali minori e più gravi, rianimazioni, stati vegetali, che già a scamparla da questo problema alla nuca destra è grasso che cola, mica vorrai sperare di non avere mai durante la vita almeno un tumore piccolo, con tutta la merda che ti sei mangiato, con l'amianto che ti circondava quando eri piccolo, che ora a ripensarci mi ricordo le pensiline ondulate che usavamo per farci le capanne sugli alberi, con le radiazioni di Chernobyl che nell'ottantanove hanno annaffiato grano e vegetali che poi ci siamo mangiati noi, con il monossido di carbonio e l'olio dei motorini che sfrigolava nell'aria.

Avrò, a essere ottimisti, ancora un trent'anni dove potrei continuare a trombare e a viaggiare e a godermi la vita. E già questi trent'anni se ne andrebbero via veloci più di quello che se ne sono andati questi primi trentotto. Anzi andranno via sempre più veloci, perché purtroppo la teoria della relatività non vale solo nell'universo sconfinato di sconfinate galassie, ma anche qui nella tua stupida piccola vita.

A sette anni un anno è un settimo di quello che hai vissuto quindi nella tua percezione dura moltissimo. Quando ne hai sessanta un anno dura un sessantesimo della tua esistenza e quindi un lampo.

E poi, senza entrare troppo in filosofie, in questi trentotto anni (e facciamo che ti abbuono i primi otto che non c'hai capito una sega di niente), insomma in questi trent'anni cosa hai combinato?

Come me lo son giocato questo tempo che ho avuto in regalo da una intricata serie di destini? Come me la sono vissuta questa vita?

Non ho visto che una piccola parte di mondo, non sono andato sulle rapide, non mi sono buttato con un parapendio, non dico buttato con un paracadute perché so ormai che non ne sarei più capace, con tutte le paure che mi ritrovo. Dovrò forse aspettare di vedermi diagnosticato un cancro terminale che mi farà sentire molto male, debilitato, senza capelli e con la pelle emaciata e allora finalmente – senti un po' che consolazione – riuscirò ad andare su un aereo tanto chi se ne frega oramai muoio e se muoio spappolandomi al suolo anziché in un letto di ospedale sarà mica tanto peggio?

Ma poi questa del paracadute è proprio una minchiata, ma che esempio del cazzo è? Parliamo di cose serie: quanto tempo hai sprecato facendo nulla per giornate, giocando ai videogiochi, guardando telefilm di serie Z che ti facevano schifo, e quante sono state le occasioni di lavoro che potevi rischiare di prendere, i viaggi e le serate accannate per pigrizia, le donne che ti piacevano e che per paura del rifiuto e del giudizio, per assurdi accavallamenti dell'animo, hai lasciato andare via, anche quando era lampante che non stessero aspettando altro che baciarti?

Mi ricordo questa ragazza che si chiamava Francesca, una ragazza che avevo sempre pensato irraggiungibile. E invece una sera mi ritrovo con lei in macchina: dovevamo recuperare un videoproiettore per la rassegna di cinema al centro sociale Macchia Nera e partiamo io e lei. E adesso poi che la guardo da lontano con più esperienza mi imbarazzo a ricordarmi quanto fosse evidente che lei non aspettasse altro che io ci provassi. Rideva, mi faceva delle battute che non erano che sassolini di Pollicino che portavano alla sua bocca uno dietro l'altro: baciami baciami baciami baciami baciami baciami baciami baciami e io invece continuavo a pensare che un anno e mezzo prima le era morto il ragazzo in un incidente stradale e quindi per pudore e rispetto non potevo provarci e non solo, ma si era lasciata un mese prima col Barone che per me era una sorta di mito, per me era uno davvero in gamba, uno che era migliore di me, e quindi perché me la sarei dovuta meritare? E anche se la seconda paranoia avrebbe dovuto escludere la prima (in fondo il Barone che è così un ganzo ci si è messo anche se le era morto il ragazzo), anche se a quel tempo avevamo vent'anni e nessuno pensava a sposarsi o fare figli ma manco a mettersi insieme per decenni, a quel tempo che avrei dovuto fare piccoli bordelli che generavano altri piccoli bordelli, ma comunque bordelli inconsistenti se non proprio virtuali, bordelli che non avevano che conseguenze di farti divertire in quanto bordelli e raccontarli poi in là nel tempo, non come adesso che un bordello invece è un bordello vero e basta, con le ragazze finivo sempre a farci discorsi seri e inopportuni, a parlare dei loro ex, dei problemi dell'amore, a filosofeggiare su vita e sentimenti.

Possibile che sia rimasto tutta l'adolescenza e oltre, di lato, impaurito, a guardare questa pista da ballo infuriata che è diventato il mondo, stracolma di intrecci e intrighi, di sesso disperato, gioioso e sconsiderato?

Almeno dici: ho fatto due, tre figli, ho una famiglia bellissima. Macché. Zero. Che speranze ho di vedere un nipote? Dovrei sperare che mia figlia diventi ragazza madre a diciotto anni.

In fondo a una botola segreta del mio cervello, in una trappola di autoinganno, ho sempre pensato che ci fosse più tempo. Anche se razionalmente dicevo che sarei morto, alla fine sotto sotto c'era una vaga speranza e, perfino adesso che scrivo queste parole, coltivo di nascosto la vaga illusione che io sia diverso, che vivrò fino a centocinquanta anni perché più sano e consapevole del mio destino e invecchierò più lentamente del mondo attorno, per qualche strana conformazione genetica, per qualche modifica a una sequenza del DNA che io in quanto eletto ho apportato per esempio con la tecnica del brividino nel corpo che era una forma secondo me magica e taumaturgica.

Perché io già a dodici anni avevo la fissa di preservare il mio corpo: mi stendevo sul letto, mi concentravo e sentivo partire questa vibrazione misteriosa che mi avrebbe reso immortale.

Ma a dodici anni uno non dovrebbe spaccarsi le ginocchia buttandosi giù dai monti con la bicicletta, azzuffarsi con gli altri bimbetti, infilare mani nelle mutandine delle compagne, prendersi a pallonate in faccia, tuffarsi nel mare dagli scogli?

No, io pure a dodici anni, quando vedevo una stella cadente, quando mangiavo la prima fragola della stagione, prima di spegnere le candeline e mi dicevano:

– Esprimi un desiderio!

Chiudevo gli occhi e pensavo concentrato, dentro di me:

Voglio essere immortale.

Solo questo.

Voglio essere immortale.

Non esprimevo un desiderio per ogni occasione, non facevo come gli altri bambini accanto a me, che avranno pensato: voglio la pista Polistil o voglio baciare Sara o fa' che passi a scuola con un buon voto o (come avranno fatto i più generosi), fa che mamma stia bene. No, io per i primi venticinque anni della mia vita a ogni stella cadente, a ogni ciglio rimasto sul pollice, ogni dente caduto ho sempre e solo detto:

Voglio essere immortale.

Tuttalpiù, se c'era qualche imminente desiderio da realizzare potevo barare e dire:
Che non mi rimandino a greco E POI che io sia immortale.

E non era l'immortalità dei grandi, un'immortalità dei poeti, un'immortalità alla Omero, non mi facevo mica fregare da quella retorica lì – che me ne fregava di essere sepolto con i vermi che banchettavano col mio corpo senza vedere altro che buio e nero e senza nemmeno avere la sensazione del buio e del nero e però intanto gli altri mi leggono e mi nominano, e si nutrono delle mie gesta lasciate in eredità alla terra. Ma chi cazzo se ne frega.

Ero già consapevole a dieci anni che la cosa più importante di tutte era il tempo a disposizione?

A tempo infinito i problemi tendono allo zero. Per qualsiasi rimpianto c'è altro tempo per rimediare, per qualsiasi nuovo sogno c'è altro spazio per raggiungerlo. Con tempo infinito puoi avere mille amori diversi, figli in diversi momenti della vita, viaggi, avventure, scoperte, conoscere, leggere, capire... insomma qualsiasi cosa succeda, qualsiasi scelta tu faccia, puoi farne un'altra, dopo.

Non devi scegliere se fare l'astrofisico e osservare le stelle da un telescopio su un monte sperduto, se studiare cinema e girare film o laurearti in biologia marina e andare con le bombole dentro le grotte del Mediterraneo.

C'è tempo per abitare a Londra, a Madrid, a New York, a Shangai, in un rifugio sul monte Rosa, in una sperduta isola greca.

Non riesco a non pensare al fatto che probabilmente ci arriveremo, e abbastanza presto, a trovare un clic dentro il DNA, grazie a farmaci o operazioni microscopiche, per cui ci allungheremo la vita a dismisura.

Il fatto di intravederlo e sapere che non ci arriverò di un soffio mi uccide. Non sono riuscito ad andare oltre pagina venti del romanzo di Kureishi *The Body*. La prima scena del romanzo descrive una festa dove il protagonista, un tizio sulla sessantina, viene avvicinato da un ragazzo young and fit che gli rivela di avere in realtà ottant'anni, ma tramite un trapianto di cervello nel corpo che indossa è tornato a essere giovane e in forma.

Non riesco a leggere gli articoli scientifici che spiegano come stiamo sviluppando delle medicine che rallentano l'invecchiamento, di come cambiando delle sequenze del DNA si inibisce l'ormone della crescita e quindi si blocca lo sviluppo degenerativo delle cellule.

Questo è il mio incubo: di essere nato esattamente alla soglia di questa nuova epoca dell'umanità, di intravedere l'alba di una nuova era di immortali, e di esserne escluso per un'anticchia.

Cinque giorni dopo la seconda terribilità devo partire per andare a una riunione di sceneggiatura in Francia, un lavoro iniziato da più di un anno che dall'inizio presentava delle stranezze fino a che non siamo venuti a scoprire che quella non era una sceneggiatura ma il campo di battaglia dove il produttore italiano si misurava con la coproduttrice francese con cui aveva una relazione clandestina. Noi fungevamo da pedine sulla scacchiera delle loro prove di forza. La più grande litigata è partita rispetto a due personaggi che – essendo amanti come loro – si rinfacciavano comportamenti e sbagli. All'inizio non capivamo, io e gli altri sceneggiatori, perché i due produttori si accanissero così tanto a farci riscrivere dialoghi per far passare meglio l'uno o l'altro personaggio. Riunioni che finivano con urla e sbattimenti di porta.

Finché si è aggiunto l'ultimo e definitivo incasinamento: il produttore si è avvinghiato con la sceneggiatrice di Lione e da lì il caos emotivo ha strabordato, un intrigo di ripicche e vendette, continue revisioni che andavano contro le revisioni precedenti, ripensamenti sul senso del film. Più che un copione stavamo scrivendo gli estratti di una psicoterapia di coppia.

Al check-in di Fiumicino la ragazza sorridente mi chiede dove voglio sedere:

– Finestrino?

È sempre stato un mio grande piacere guardare dall'alto il mondo che si rimpicciolisce e riconoscere strade e piazze, vedere da quella prospettiva le macchine e le case così piccole come fossero finte, dei Lego. E anche se adesso con Google Earth è diventata una visione che puoi riprodurre quando vuoi, almeno là in aereo rimane l'esclusività della sensazione dal vivo: di essere proprio tu a prendere distanza, tu che ti libri in cielo per osservare dall'alto la terra che diventa lontana, piccola e inerme.

Passo la security e aspetto al gate leggendo un libro.

Appena danno l'annuncio di inizio imbarco si alzano tutti in piedi e così rimangono in fila quindici minuti nonostante abbiano già i posti assegnati. Non siamo con Ryanair o EasyJet, ognuno qui ha il suo posto scritto sul biglietto ed è quindi inutile entrare prima, tuttavia si ammassano uno dietro l'altro, perfino si spingono.

Dev'essere l'ansia di volare. L'uomo è buffo da guardare. E quando c'è di mezzo una paura irrazionale è ancora più buffo.

Finisce la fila, mi alzo, ed entro nell'aereo già pieno. Individuo il mio posto ma i due signori grassi che mi siederanno accanto hanno già occupato il mio sedile con una borsa. Quando capiscono che devono alzarsi per farmi passare, sbuffano.

Appena mi siedo penso che era meglio fare la pipì prima perché adesso dovrò aspettare il decollo e, anche dopo il decollo, questi due sbufferanno di nuovo.

Non faccio in tempo ad arginare il nervosismo che annunciano che ci sarà da aspettare un quarto d'ora perché un aereo ha avuto un problema ed è dovuto rientrare dalla pista.

Guardo dal finestrino e vedo a trecento metri da noi un Boeing che sputa fumo bianco dalla stiva, circondato da due camion dei vigili del fuoco.

Anche se l'aereo sembra messo in sicurezza dai pompieri e non succede molto altro, mi sale una lieve preoccupazione, e allora riprendo il libro mentre i due signori accanto iniziano a lamentarsi che staremo fermi altro che quindici minuti, almeno mezz'ora. Eccheccazzo.

Ma io dico: lo sapevate che vi toccava un'ora e mezza di volo, cosa mai saranno quaranta minuti in più? Portatevi un giornale, un saggio, un romanzo. È una delle prime regole della vita: con un buon libro ogni ritardo e ogni attesa si tramuterà magicamente in tempo guadagnato. Possibile che non ci siano ancora arrivati a cinquant'anni e passa!?

Provo a calmarmi ma ormai è tardi. Comincio a odiarli. Se la prendono con la loro vicina che gli aveva raccomandato questa compagnia aerea (compagnia che tra l'altro non c'entra assolutamente nulla con il ritardo, visto che l'aereo in fumo è un altro), e allora li guardo meglio e mi viene il sospetto che questa è gente che tempo addietro ha abdicato all'intelligenza per drogarsi di divani e carciofi fritti, centri commerciali e programmi televisivi pomeridiani.

Mi dico: stai calmo e concentrati sul libro. Non fare lo snob.

Inizio a leggere qualche pagina, ma non posso fare a meno di ascoltare di cosa parlano, e quello di cui parlano è una sorta di condensato da servizio di Studio Aperto, un'orchestraccia scomposta di luoghi comuni.

Devo fare qualcosa, ergermi a difesa di una minima articolazione del pensiero. O almeno alzarmi e andare via.

Ma non posso alzarmi. E appena ci ripenso il respiro si fa corto: sono stretto fra due stereotipi di banalità e il finestrino che dovrebbe rappresentare l'unico punto di fuga – almeno visivo – ma invece mostra solo l'aereo probabilmente in fiamme e i pompieri che provano a fare qualcosa.

E l'averlo visto una seconda volta fa ripartire il meccanismo che ormai conosco: sento l'ansia rifare il percorso, ritrovare quel canale che ormai ha scavato e così il fluido dell'attacco di panico si orienta, si muove più veloce della prima volta, e rientra dentro il tubo della risonanza con la stessa sensazione di claustrofobia, di smania di muovermi e penso che mi toccherà morire fra le lamiere di questo aereo intrecciato con questi due idioti al mio fianco e magari nella mia bara metteranno un loro piede perché non distingueranno il mio dal loro e inizio a stare davvero male: non posso alzarmi perché ci sono i due signori accanto (che adesso mi procurano un fastidio fisico, di pelle, basta che i nostri gomiti si sfiorino sul bracciolo per farmi incazzare) e a un certo punto mi alzo e mi riabbasso e i due accanto mi guardano di sbieco come se fossi scemo o avessi delle convulsioni o boh, ma oramai la botta di panico è in piena corsa e provo a dirmi di stare calmo, che di sicuro mi passa...

... perché quello che sta succedendo non è possibile, perché tu praticamente ci sei nato su un aereo: tua madre ti ha portato in pancia a Londra e dopo essere nato a Londra hai ripreso l'aereo dopo quattro mesi per tornare a Pisa, quindi sarà stato l'ultimo mezzo di trasporto prima di venire alla luce e il primo mezzo che hai preso in vita tua, forse solo dopo il passeggino.

Avrò preso un aereo prima di un autobus, di un treno, di una bicicletta, di un motorino, di una metropolitana, forse pure di una macchina, a parte il cab che mi ha portato all'aeroporto, e poi dopo altri sei mesi ci sono rimontato per tornare a Londra a Pasqua, e dice mia mamma che manco un pianto mi sono fatto, mi stavo zitto e buono in braccio a lei che mi cantava volare oh oh nel blu dipinto di blu, e per me staccarsi da terra su quel marchingegno di ferro era la cosa più naturale del mondo e via così per tutti gli anni della mia vita, non ci sarà stato un anno che non ho preso l'aereo andata e ritorno e alle mie cugine di Matera che avevano paura di volare facevo gnegnegnè quanto siete sceme! Con quell'aria spocchiosa di chi ha già visto il mondo a dodici anni.

E questo mio atteggiamento non era che la fiera riproposizione della propaganda di mia mamma che si nutriva del lato luccicante, glamour, da ricchi, dell'aereo, non poteva sopportare quella paura superstiziosa, da popoletto incastrato per secoli negli spauracchi della Chiesa... per lei prendere l'aereo era prima di tutto elevarsi da quella dimensione di rozzezza terrestre, fare una selezione naturale al check-in, lasciare i bifolchi dietro, sfidare Dio con la scienza, la razionalità e la modernità. E vincere a ogni decollo e a ogni atterraggio. Quello era il mezzo del futuro, con hostess curatissime e gentilissime che ti offrivano gli snack e i drink, vicini di posto poliglotti e amanti dei vestiti firmati. E poi vuoi mettere? Due ore e bam, siamo a Londra! Altro che macchina, quella sì che è pericolosa, altro che biciclette, che le schiacciano come mosche, la moto non nominiamola nemmeno.

(Salvo poi, nel suo solito attorcigliamento di contraddizioni, venirmi a far vedere dove aveva nascosto il testamento, prima di partire per ogni volo.)

Ma per me l'ansia adesso è un'altra e specifica. È la sensazione di non potermi alzare dal mio sedile perché la spia delle cinture di sicurezza è accesa e perché sono incastrato dai due ciccioni sulla mia destra che adesso sfogliano l'unica cosa a disposizione e cioè la rivista pubblicitaria della linea aerea, con la lista di oggetti da comprare al duty free e me li raffiguro con quella bavetta alla bocca da ingordigia consumistica, che poi quando uno sta male finisce che odia tutti gli altri e ti sta sul cazzo anche gente che non c'entra nulla, compresi questi due e quella stronza di una hostess che dice che siamo in ritardo di altri dieci minuti rispetto a quanto precedentemente annunciato.

E allora mi tocca ripartire con una tecnica Panagulis, ripenso a quell'articolo che avevo letto di questo ragazzo afghano di sedici anni che per provare a venire in Europa si era infilato nel bagagliaio di un aereo. Lì sì che, stretto fra le valigie, non ti puoi muovere di tre centimetri, e intanto il rombo del motore ti preme sulle orecchie, il freddo sale, per dieci ore di fila, con la quasi certezza di morire assiderato, senza che tu ti possa azzardare a urlare o battere o chiamare aiuto perché mica ti sentono – e io che faccio la frignata qui sull'aereo di linea perché devo stare seduto una mezz'ora?

Ma a dire il vero l'unica cosa che adesso mi tiene fermo sul sedile è la figura di merda che farei ad alzarmi e dire: fermate l'aeroplano che devo scendere e arrivederci.

Ecco qual è il vero problema: non posso fare figure di merda e dare disturbo perché sono stato allevato a essere meno d'impiccio possibile al mondo, a stare in un angolino zitto e buono e non dare noia, tratto che viene sicuramente dal modello e dall'educazione di mio padre e di mia madre, e che poi ho scoperto essere uno dei tipici tratti dello psicoastenico – e però quel giorno, senza nemmeno saperlo, sono riuscito per una volta a fare un ribaltamento del paradigma (che non credo però possa essere definito approccio sano al problema).

Comunque, mentre i miei due vicini continuavano a parlare e lamentarsi a me è venuta voglia di dire: ma guarda te se io devo soffrire per non dare noia e non fare alzare e non far fare ulteriore ritardo a queste teste di cazzo che più tempo perdono nella loro vita e meglio il mondo starà, che questi due magari stanno andando a picchiare qualche nero nelle strade di periferia di Parigi, e allora ho slacciato la cintura e mi sono alzato e ho detto scusate e i due mi hanno guardato come se fossi pazzo, quale in effetti forse ero, e mi hanno detto non ci si può alzare prima del decollo e allora gli ho detto e invece io mi alzo uguale e mi sono messo in piedi sul sedile e ho appoggiato il piede sul bracciolo fra i loro due sedili e li ho scavalcati con una mossa alla Benigni della sera degli Oscar, e sono andato nel corridoio e mi sentivo addosso gli sguardi di tutti e perfino la luce dell'aereo mi sembrava cambiare e diventare verdognola come quella nella stanza della risonanza, e una hostess subito è arrivata a fermarmi dicendomi dove va? si rimetta a sedere che il segnale della cintura è acceso e ho detto lo so ma io devo scendere e ho iniziato a tirare giù il bagaglio a mano per farle capire bene come andava la questione e lei insisteva e diceva beva qualcosa e io ma lasci stare e lei se vuole due goccine non si preoccupi e io no le goccine guardi meglio di no che se ora le racconto l'ultima volta che mi dovevano dare le goccine durante il grande smatto e come andò con quelli del SERT ci facciamo notte, mi faccia scendere che le assicuro si fa prima e la gente mi guardava poco impietosita dal mio stato tremante, alla gente non gliene fregava un beato cazzo che io stessi male e che la bocca dello stomaco fosse chiusa e il respiro bloccato e che il sudore mi scendesse dalle tempie, volevano solo decollare e lasciare quel minchia di aeroporto e comunque se qualcuno avesse provato a rimettermi a sedere avrei fatto a pugni piuttosto – per fortuna è andata bene che la hostess nonostante avesse il ruolo di super-io in divisa sexy e vagamente sadomaso era gentile e tranquilla e ne è arrivata subito un'altra e anche a lei ho detto: avrò il diritto di scendere, no? Cos'è, un volo di linea o un sequestro di persona?

E quando hanno deciso di rimettere la scaletta all'uscita dell'aereo mi è crollato tutto addosso, quando ho visto che potevo scendere e andare via mi sono davvero sentito umiliato, prostrato, mi sono sentito morire, volevo quasi girarmi e dire come all'infermiere del San Giovanni: scusate, non so cosa diavolo mi sia preso per fare una cazzata simile, fatemi riprovare, mi metto nel mio posticino accanto ai due grassoni. Ma mi sono stato zitto (almeno quello) e ho detto solo scusate molto non so cosa mi sia successo perdonatemi davvero e ho fatto il primo passo fuori dall'aereo come se avessi perso la battaglia della vita, come se fossi tornato indietro in tutta una serie di eventi, di pioli di una scala che avevo provato a salire, come se tutta l'esperienza, la ricerca, il lavoro su me stesso, tutte le cose che avevo scritto e pensato non fossero servite a nulla anzi forse avevano peggiorato le cose.

E in quel momento mi è venuta in mente una lezione al Centro Sperimentale: un giorno Daniele Segre, il documentarista, che era un insegnante molto tosto e teneva delle lezioni al confine con la disciplina militare basate su un confronto duro e provocatorio con noi che eravamo abituati a lezioni accomodanti e comprensive per non dire compromissorie e quindi eravamo totalmente impreparati, ci spiazzò.

In questa lezione, a uno dei suoi allievi preferiti che aveva fatto un esercizio senza prenderlo di petto, Segre aveva detto una cosa tipo: tu non hai fatto questa scelta perché ti manca il coraggio, perché non sei riuscito a tirare fuori queste cose che dovevi dire a tuo padre e alla fine tuo padre ti ha messo sotto (e il bello è che noi che abitavamo in casa con il ragazzo sapevamo che era esattamente così e Segre gli stava affondando, solo con l'intuito, il coltello là dove più faceva male) e il nostro amico con l'occhio lucido, sulla soglia delle lacrime (si intuiva che gli mancava un'anticchia e sarebbe esploso a piangere e tutta la classe rimaneva zitta con il respiro trattenuto, sperando che non succedesse, o che almeno non succedesse in quell'esatto momento, lì davanti a tutti, e ci si risparmiasse almeno l'imbarazzo e la sua umiliazione pubblica), riuscì a rispondergli: è che magari quel coraggio non ce lo abbiamo perché siamo ancora giovani, non abbiamo fatto alcuni passi nel nostro lavoro, e non abbiamo avuto certe conferme, e Segre stette zitto un secondo e poi ci disse una cosa terribile che solo allora che scendevo dalle scalette dell'aereo ho potuto finalmente capire.

Gli rispose: ma tu cosa credi, che più vai avanti con l'età e col tuo lavoro e più ti cresce il coraggio e la fiducia? È il contrario: più invecchi più diventi fragile e più avrai bisogno di conferme.

E a me quella frase anziché darmi un insight, farmi ragionare sulla verità che sottitendeva, sulle precauzioni e risoluzioni da prendere, sugli atti di coraggio da fare in quel periodo, mi aveva fatto solo pensare: se un giorno dovessi scrivere un dialogo fra due personaggi, uno più grande e uno più giovane, questa battuta sarebbe perfetta.

(Calcolatore opportunista del cazzo.)

E solo in quel momento in cui scendevo dalla scaletta ho capito però davvero cosa significasse.

Stavo scendendo da un aereo fermo per me, ma non perché (come avevo sognato tante volte a occhi aperti) tornavo da una battaglia rivoluzionaria dove avevo salvato il mondo e l'umanità, o con un premio Oscar in mano, per essere accolto dai miei amici, dalla mia gente – il sogno a occhi aperti si svolgeva a Roma, a Londra (finalmente riconosciuto e acclamato nell'altra mia nazione), ma più spesso all'aeroporto di Pisa, dove avrei abbracciato commosso i parenti e gli amici più vecchi, mescolati alla gente comune, accompagnati da una banda di fiati e tamburi che avrebbero intonato la *Patchanka* dei Mano Negra mentre sfilavamo in corteo attraverso San Giusto con i fischietti, ballando e bevendo birra Valdera Rossa e mangiando cecina e fragole.

Invece da quella scaletta scendevo per andare verso il fallimento, finalmente certificato e completo.

Se dieci o cinque ma anche un mese fa qualcuno mi avesse detto: tu avrai paura di volare (o peggio avrai paura di stare seduto vicino al finestrino) e quindi farai fermare un aereo per scendere, mi sarei fatto una risata.

Invece così era andata e mi vergognavo a dirlo a chiunque tranne che a Ottavia e infatti fino ad adesso che l'ho scritto qui non lo sa nessuno. Anche a mia mamma non l'ho mai raccontato. Anzi soprattutto a mia mamma. Si sarebbe preoccupata troppo.

E poi non volevo deluderla che tante volte le ho detto: mamma, tu mi hai messo davvero un sacco di ansie e di paure addosso, perché non attraversare, non prendere freddo, be careful, non andare in bicicletta, watch out, stai attento, attentissimo, mind your head, insomma un bambino ansioso hai creato, e lei dispiaciuta mi chiedeva: ma nemmeno una roba buona ho fatto come mamma? E rispondevo: sì, una l'hai fatta. Non mi hai fatto venire paura dell'aereo.

E invece nemmeno più quello mi è rimasto, nemmeno più andare a visitare i Paesi, le capitali del mondo e gli angoli remoti di questa terra posso.

Per citare Woody Allen: qual è la cosa che mi piace di più al mondo? Be', la seconda è viaggiare.

Ora sono un uomo inutile: non posso fare né la prima né la seconda. Sto perdendo un grado di umanità alla volta, sto scendendo oltre l'animalità, puntando dritto al grado di vegetale. Cos'è un uomo se non può né trombare né viaggiare?

Può solo mangiare.

Che farai negli anni a venire? Diventerò grasso.

Così impari a sdegnare i signori che ti chiudevano l'uscita al corridoio dell'aereo.

Per una sorta di regola boomerang del karma, che a me non lascia mai scampo, ho messo su un chilo e sei etti in una settimana.

In un anno, continuando su questo standard, potrei mettere su ottantatré chili.

Forse è così che si arriva sui centocinquanta: costanti nella depressione.

È una situazione da panda in uno zoo, la mia. Chiuso in sessanta metri quadri, in compagnia di un solo altro esemplare della mia razza con cui non riesco più a trombare.

I soli visitatori che posso vedere sono quelli che stanno dietro il vetro di skype.

Agli sceneggiatori del gruppo francese ho detto che mi era salito un febbrone da quaranta appena entrato in aeroporto (purtroppo gli avevo mandato un messaggio il giorno stesso "rushing to Fiumicino, see you in a couple of hours!") e non volevo fargli perdere tempo rimandando la riunione.

Mi metto una sciarpa al collo prima di accendere la webcam e prendo, una a sessione, una pasticca che assomiglia per forma all'aspirina.

Così sto messo. Parlo su skype, sto in casa, mangio. Che altro posso fare? Neanche drogarmi, per dire, che con un problema al cervello e attacchi di ansia manco quello.

E poi il brutto è che io ingrasso solo nella pancia, tutti i chili si immagazzinano nel buzzo cioè nella pancetta e un po' nelle tette ma più che altro nel buzzo e allora divento molto strano perché sono magro, anzi più che magro sono proprio il classico tipo astenico (la costituzione del classico schizoide, a sentire Lowen) e quindi si vede questo buzzo che spunta su uno stecchino, visto che ho anche le caviglie filiformi, da maratoneta, non come il Checcacci che è robusto, e se gli viene il buzzo gli sta anche bene.

Meno male che c'è Ottavia che quando mi sono iniziato a lamentare del buzzo (perché un po' ce l'avevo anche prima di questa crisi epocale – o forse addirittura lei mi precedette e si attivò PRIMA che io mi iniziassi a lamentare) me lo baciava e lo adulava: guarda che forma perfetta il buzzu, questo è il buzzuete più meraviglioso del mondo. E quando dicevo: ora mi metto a dieta, lei mi si avvinghiava alla palletta di lardo che ho a sua salvaguardia e urlava: no buzzuete non te ne andare! Buzzu resisti!

A forza di adorarlo e parlarci è diventato un essere umano e quando facciamo le serate casalinghe a vedere i film lei le ha nominate "io, buzzuetete e tu".

Quelle serate mi salvano, mi salva l'attaccamento al buzzo da parte sua, che è la più grande dichiarazione d'amore che una persona possa fare e cioè l'amore per i difetti dell'altro, il trovare anzi nei difetti quel lato più molle e umano del mio essere (che era) così teso all'obiettivo e alla disciplina.

Non dormo più.

La notte mi rigiro nel letto, pensando a tutti i problemi che ho nella contingenza, e che avevo anche prima.

Non sono né troppo sveglio il giorno né troppo addormentato la notte, vago in questo limbo, ondeggio fra una stanza e l'altra senza grande coscienza di me o delle cose.

Perfino il romanzo che stavo scrivendo non capivo più, il mio secondo romanzo, duecento pagine di via crucis e bestemmie, pagine sudate una dopo l'altra, faticosamente finito dopo nove mesi di lavoro, che avevo continuato a sfrondare e ad abbellire, a limare, convinto di stare scrivendo le cose migliori di sempre, adesso mi faceva cacare. Mi sembrava calcolato, costruito, non sincero, che mi pareva raccontasse di problemi che facevo finta mi appartenessero ma che in realtà non mi interessavano.

E così, per non farmi mancare niente insieme a un blocco sessuale che non mi faceva trombare, e a un blocco generale che non mi faceva uscire di casa sono quindi anche davanti al cliché giornalistico del blocco dello scrittore, della crisi di inspiration. E se non fosse per niente passeggera? Se fosse il crollo finale di un bugiardaccio senza più estro né talento?

Ma questo non è un dramma che mi porta a rotolarmi nel letto la notte, piuttosto è un dramma la resa: non me ne frega nemmeno più di lavorare.

L'unica costante che mi ha fatto da boa in tutte le fasi della mia vita. Il valore K della mia esistenza, il mio senso del dovere disceso lungo un dribbling elicoidale da generazioni, dal mio bisnonno Oswald Leonard Johnson fino all'ultimo assist di mio padre in quell'approccio al Keep Calm and Carry On: mettersi al pezzo qualsiasi cosa succeda, giorno, notte, festa comandata che sia.

Figurati se il modello non mi doveva arrivare intatto, forgiato durante i bombardamenti della Luftwaffe, sotto una pioggia di quarantamila tonnellate di bombe e ritagliandato in scioltezza per gli attentati a Londra del sette luglio: tutta la città che continuava a muoversi verso i posti di lavoro, a piedi, perché i mezzi erano bloccati, e anche mio padre che aveva avuto il culo di essere lì dopo dieci anni che non ci tornava correva con la sua borsa a tracolla. Correva, ma non per scappare.

– Bombs exploded.

– I've got to go to work.
– They're going off all over the place!
– Right, but I'm late.

Figurati dov'era il problema per il mio daddy di mettersi a revisionare testi e tesi mentre la famiglia di Matera mangiava le pettole a Natale, giocava a carte e lo guardava come si guarda un pazzo, mentre andavamo con gli amici al mare a Maruggio, mentre gli altri gustavano le sfogliatelle e gli after eight, mentre mia nonna sorseggiava nella sua casa a St John's Wood il suo gin and something, mentre cantavamo a Pisa oi vita oi vita mia oi core 'e chistu core e guardavamo la finale Italia-Germania tre a uno per noi... io sapevo dove trovarlo: su una sedia in un angolo della stanza with his books and pencils a sottolineare e prendere note.

Non c'è stato giorno che dio abbia messo in terra che non abbia lavorato almeno una mezza giornata. Forse solo quando gli hanno trovato il tumore allo stomaco si sarà dovuto arrendere per dodici ore. Ma il giorno dopo, in ospedale, si era già fatto portare le bozze del nuovo saggio da correggere.

E così io. Durante l'occupazione a magistero di Padova dove si bevevano fiaschi di vino e si fumavano canne, si scrivevano comunicati, si respingevano fascisti al portone, si limonava nei sacchi a pelo, si suonavano canzoni con la chitarra, si ballavano i 99 Posse e i Chumbawamba, io, per minimo quattro ore al giorno magari in due sessioni diverse, mi mettevo lì in una stanza periferica e più tranquilla, o se non ce n'erano di libere anche nella sala dove due o tre cose di quelle sopraelencate succedevano contemporaneamente, aprivo il mio libro di sociologia o di diritto pubblico e mi mettevo a studiare.

Invece ora nemmeno di studiare e lavorare mi va, non faccio altro che pensare all'inutilità di questo sforzo, al fatto che se avessi dovuto raggiungere qualcosa di importante sarebbe dovuto succedere già da tempo, e invece l'unica cosa che sono riuscito a costruire è stata questa gabbia, questo problema alla testa e al pisello, l'alien che deve aver nidificato nel mio cervello, e che si è schiuso con un tempismo quantomeno beffardo, quasi uno scherzo del destino, proprio adesso che ero arrivato a una vita salutista, che non fumo, non mi drogo, bevo una birra due volte la settimana, mangio biologico, vado a correre e nuotare, e trombo con una serenità mai provata prima.

E allora è stato, è e sarà tutto inutile.

E allora una notte, prima di addormentarmi, in quella lunga parentesi di dormiveglia che si allunga sempre di più in questo loop di ansie e preoccupazioni, per un attimo il mio cervello ha giocato con l'idea folle che tutto questo non fosse altro che un segnale di un mio approssimarmi a una linea d'ombra, al confine di un baratro scuro e denso, uno scivolo di depressione verso la vecchiaia e quindi la fine, e che l'unico modo di uscirne sarebbe stato superarlo librandosi alto, oltre il reale, rientrare nella vertigine del grande smatto, e diventare sempre più disperato ed euforico a ogni voluta di quella spirale, come quindici anni fa mi successe durante quello che divenne il mio rito d'iniziazione alla vita e che sancì la mia entrata nella roulette della follia.

2

IL GRANDE SMATTO

Avevo ventidue anni, era l'estate del millenovecentonovantasei ed ero al Pistoia Blues, ma a vedere un concerto del festival non ci sono mai andato perché costava venticinquemila lire a serata che equivalevano a cinque canne, e anche se avevo con me mezzo etto di erba restava il problema che avevo paura di quella gente che andava ai concerti, perché nonostante fosse quasi tutta gente di sinistra che apprezzava la cultura musicale e la cultura in generale, era pur sempre gente vestita a modo, aveva un lavoro e una fidanzata, lavava la macchina la domenica e tifava Italia ai Mondiali, insomma gente che mi avrebbe guardato negli occhi e avrebbe capito dalla pupilla lucida e dilatata che ero un drogato, che sarei dovuto rimanere nell'apposito recinto di quel campeggio che era lo zoo safari dei disadattati.

Forse il grande smatto avvenne perché restai chiuso troppi giorni là dentro, perché avevo già passato troppo tempo al Macchia Nera, o perché quel mezzo etto di erba lo offrii a tutti sì, ma anche me lo fumai.

O forse perché ero innamorato pazzo di questa tipa, e ovviamente lei no. Cioè lei prima sì, e poi no.

Anzi peggio: lei prima sì, molto, e poi di un altro.

O forse perché per preparare l'esame di letteratura avevo letto Rimbaud e il suo farsi veggente tramite un lungo e ragionato sregolamento di tutti i sensi. E poi avevo studiato questo saggio che si chiamava *Attore di Dio* che parlava di san Francesco, della sua performance per arrivare a essere folle e giullare di Dio.

Insomma avevo iniziato da un po' di tempo a giocare con strane riflessioni.

Una di queste era arrivata in una notte d'inverno, in piazza dei Miracoli, mentre passavo con la bici per tornare a casa dopo ore di litigate con Ilaria.

L'avevo di nuovo accusata di tradimento, le avevo elencato con gusto masochista tutta la lista di sospetti, prove e certezze delle sue bugie, le avevo raccontato del suo corpo avvinghiato con quell'altro, delle sue cosce e del suo culo terra di conquista di estranei, e poi fumato una canna e un'altra ancora per calmare il corpo ma aizzando la mente in un labirinto di dubbi, ed ero stato costretto a placare le mie ansie di possesso possedendola di nuovo, in un amore febbrile e tirannico, dove avevo compiuto il gesto folle di penetrarla senza preservativo, e quindi ero riuscito ad avere la forza di staccarmi da lei, di illudermi di averla abbandonata, quando, ovviamente, quello abbandonato ero stato io.

E verso le quattro di notte, con ancora il suo prezioso odore appiccicato sulla pelle sopra le labbra che arricciavo contro il naso per annusarla ancora in tutta la sua disperazione e meraviglia, mi fermai davanti a quell'incredibile spettacolo di piazza dei Miracoli.

Là davanti, il silenzio e la notte attorno a me, la strada sgombra, i primi suoni degli uccelli mattinieri, guardai quel campanile solo e storto, quella sensazione di precarietà, di insolenza alla normalità, e mi ricordai di quella frase che si trova nei libri di citazioni:

"La torre di Pisa. E se avesse ragione lei?"

E ho pensato a quando questa idea aveva iniziato a prendere piede, e cioè mentre la costruivano, nel momento in cui si accorsero che non veniva dritta, abbastanza presto tra l'altro, dopo aver innalzato i primi due o tre cerchi, ad appena un quarto dell'altezza finale, nel mille e cento e qualcosa.

Il terreno aveva avuto un cedimento e la torre si era inclinata paurosamente da un lato. Quanti dubbi avranno avuto, nei giorni e nelle settimane a seguire? Quante urla e offese si saranno sorbiti i capimastri, gli ingegneri, gli architetti?

La Chiesa, da Roma, non avrà mandato qualcuno a dire: ma che cazzo state a fa'? Mica lo vorrete fa' storto, mica vorrete innalzare uno sgorbio piegato, uno sbaglio insomma, a immagine dell'idea perfetta del Signore?

Ma siete pazzi?

E infatti si fermarono non per una settimana o un mese, ma per cento anni, prima di prendere una decisione.

Dovevano dare forfait, tirarla giù, o smontarla e ricostruirla da un'altra parte.

E invece no.

Avevano uno sbaglio e sono andati avanti con quello. E quindi l'errore è diventato più giusto della norma. Era il figlio debole e problematico, quello che non ci sta tanto con la testa, ma che tu ami come e più di quello normale, e allora diventa genio.

Ecco cosa mi ricordai quella notte umida, in quella piazza vuota, io e la Torre da soli, uno di fronte all'altra: era il mondo, con le sue regole, che non andava per il verso giusto.

E non andava per il verso giusto per mille ingiustizie e disgrazie planetarie come la legge del profitto che crea sfruttati e sfruttatori, per la furia d'avidità che dilapida e distrugge il pianeta, ma soprattutto perché questa ragazza chiamata Ilaria mi aveva lasciato.

E a questo punto mi piacerebbe mentire: spacciare questo episodio come la storia di un amore romantico, sofferto e inimitabile. Ma ora che sono sulla soglia della risonanza che guarderà nel mio passato vorrei fornire dati corretti, entrare dentro il tubo di quegli anni onesto con me stesso, anche rischiando un altro attacco di panico per quello che potrei scoprire.

Perché mi spiace deludervi ma qui non si sta parlando di un ragazzo innamorato di una ragazza che non l'amava più e che poi l'avrebbe riamato. Si parla di un tizio imploso e goffo, che una sera di autunno aveva intrecciato la sua mano con la ragazza del suo amico nei sedili di dietro della macchina che li riportava a casa da un localaccio dove erano andati a ubriacarsi.

Qualsiasi altro ventenne più sportivo si sarebbe divertito e avrebbe poi lasciato perdere quella storia nata storta. Avrebbe avuto altri intrami, altre avventure e quell'episodio sarebbe stato una punteggiatura nel racconto ricco e incasinato dell'adolescenza.

Ma invece non c'erano altri baci regalati, serate di follie, amori di un giorno, sesso casuale e sbagliato ma perfetto per quel periodo della vita.

Quell'intreccio di mani era stato così raro e sorprendente da diventare un cavatappi che aveva girato a vite dentro il mio cervello. E fossi almeno andato fino in fondo. Fregandomene di chi mi avrebbe giudicato perché avevo tradito il mio amico rubandogli la donna. La vita è anche questo: accettare le conseguenze delle sue contraddizioni più stronze. E invece non ce la facevo: più che lei a tentennare in questa storia sbagliata ero io che avevo paura prima di prenderla e poi di perderla.

In realtà credo che in Ilaria avessi trovato un laghetto dove si rifletteva l'immagine di mia madre: la stessa fascinazione, ambivalenza, la stessa curiosità e inquietudine sessuale, lo stesso vortice narcisista, la stessa capacità manipolatoria. E quindi in quel gioco di specchi cercavo di riappropriarmi della donna che avevo amato per prima nella vita.

O forse, senza troppe seghe mentali, ero solo invidioso di quella sua ingordigia per il mondo, di questo suo prendere la vita a morsi, questa sua meravigliosa lust for life.

Io invece la vita riuscivo a osservarla come da uno scoglio si osservano gli altri che si tuffano, mettevo un piedino nell'acqua per vedere half-a-hundred ripples circling on and on, illudendomi di esserci anche io a nuotare con gli altri.

Almeno aver avuto l'autoironia di prendersi per il culo in questa assurda vicenda.

Anche di quella ero privo.

E quindi questo continuo tira e molla dei sentimenti, questa impossibilità di amarla come si deve (e cioè per ore e giorni di fila fino a succhiarne l'essenza e prosciugarne il mistero), questo senso altalenante di frustrazione e di onnipotenza mi avevano sballottato per mesi, ed era arrivato il caldo e l'afa, il momento in cui i semi di quelle strane idee piantate in inverno stavano dando i loro frutti già troppo maturi in estate.

E una di queste idee mi aveva portato a pensare che i miei occhiali da miope, che in teoria avrebbero dovuto aiutarmi a vedere nitide le cose, non fossero che uno strumento di falsificazione della realtà.

Se ero miope e ogni anno sempre più miope era perché il mio organismo aveva capito che vedere le cose nella loro precisione mi faceva male, e quindi, per supplire a questa sensibilità troppo acuta, aveva creato una distanza fra me e il mondo.

Così là a Pistoia, in mezzo a quella macedonia di suoni, zufoli di legno e djembè con un ritmo sempre sfalsato, in quel vortice di polvere dove gli altri vedevan siccità, io decisi di togliermi gli occhiali per sempre.

E per non cadere nella tentazione di rimettermeli qualche ora o giorno dopo, andai su un ponticello che passava sopra un fiumiciattolo che scorreva in mezzo al campeggio, e li buttai.

Così avrei finalmente visto le persone e i paesaggi in modo per me naturale e cioè sfocati, e tutto sarebbe stato più morbido – non mi sarei più accorto delle imperfezioni, della sporcizia a terra, delle rughe. Tutto sarebbe stato più bello, soft focus, lasciando quello spazio che avrei colmato con la mia immaginazione.

La realtà vista così sarebbe stata meno aggressiva, più soffice e indefinita. Finalmente avrei potuto parlare con gli altri senza paura del giudizio, guardare negli occhi le ragazze, perché quegli occhi adesso non sarebbero stati che spennellate di azzurro su un volto vago e farinoso, quegli sguardi non avrebbero più avuto la punta acuminata di stiletti che bucavano la pancia.

Con questa banale ma geniale mossa avrei tolto potere alla vista e reso di nuovo padroni l'olfatto, l'udito, la telepatia.

E dopo essermi autoconvinto e autoesaltato che questa intuizione fosse il primo passo verso una ridefinizione del sé, verso un big domino rally di illuminazioni, decisi di seguire modelli di successo di santi e pazzi, i cliché nella storia degli smatti.

Come Siddharta aveva perso se stesso mille volte e per mesi vagato nel non essere, come san Francesco si era denudato e aveva abbandonato agi e ricchezze e predicato agli uccelli, come Gesù per quaranta giorni si era immerso nel digiuno e nelle tentazioni del diavolo per poi cacciare i mercanti dal tempio, così sarei andato in esilio da questa dittatura dell'apparenza e del controllo, da questa ossessione per il possesso.

Strappai in cento pezzi patente e carta d'identità e li tirai come coriandoli nel fiumiciattolo. Regalai tutti i soldi e l'erba che avevo in tasca a chi passava in quel momento, buttai anche l'Opinel perché simbolo di offesa, e consegnai la chiave della mia macchina a un mio amico drogato e ladro, dicendogli: tieni, riportala tu a Pisa.

Finalmente ero pronto per darmi nudo al mondo, pronto a non avere paura del mio corpo, della mia persona ridicola.

Sono così: alto, secco, un po' gobbo, col pisello inutile e circonciso, sgraziato e goffo. Eccomi, madre terra: così mi hai creato e così mi ti do in pasto. Non mi travestirò, non barerò, non mi nasconderò dietro una maschera.

Buttai via maglietta, pantaloni, scarpe e infine le mutande, e camminai nudo come un verme.

Così attraversai il campeggio con le sue tremila persone, scalzo, con il pipo all'aria e il petto in fuori e l'andamento molleggiato ma quasi fiero e, affinché la prova d'iniziazione fosse più grande e pura, lo attraversai dal fiumiciattolo fino al centro del parco, e salii sopra la collinetta che dominava la zona per farmi vedere bene da tutti.

Mi sedetti là sopra a guardare le centinaia di persone che si muovevano in lontananza e che mi passavano accanto, alcuni come fosse la cosa più normale al mondo, altri ridendo, mentre io rimanevo là provando a stare fermo come un budda, in realtà in grande imbarazzo, che aumentò quando arrivò lì una mia amica preoccupata e a disagio, che mi chiese se stavo bene e, se stavo bene come dicevo, di spiegarle cosa cazzo stessi facendo nudo, là sopra la collinetta, se doveva chiamare qualcuno, genitore o medico che fosse.

Poi iniziai a vedere le lucine.

Chiudendo gli occhi ma anche mentre erano aperti.

Quella blu era la più bella e rara. Poi c'erano la gialla e la nera. Gialla voleva dire sì, nera no. Blu voleva dire molto sì – segui quella direzione.

Le luci credevo di essermele procurate perché pensavo che fissare il sole per alcuni secondi mi avrebbe aiutato a prendermi il suo potere.

Lo fissavo per degli istanti e, quando la retina era impressionata, avevo una riserva naturale di lucine.

E quelle mi guidavano. Erano la cura contro il morbo della paura della scelta. Se degli amici mi chiedevano:

– Andiamo a mangiare un panino al bar Tredici?

Era giusto andarci o così mi sarei perso un incontro con una ragazza con cui sarei partito per altri viaggi? Dovevo tornare dai miei amici del Macchia? Avevo fatto bene a lasciare Scienze Politiche e Padova per tornare a Pisa?

Le lucine avevano la risposta.

Gialla sì, nera no, blu sì alla grande, segui questa gente anche oltre il panino.

Così se sentivo una canzone suonata da uno stereo di un cerchio di tende in lontananza e mi appariva la luce blu, quella era una canzone che aveva un significato preciso da interpretare come un I Ching della vita; se stavo spiegando che dobbiamo solo imparare a scoprire la nostra deitudine e veniva una luce gialla, dicevo: questo è un buon concetto – se vedevo il puntino nero subito cambiavo discorso.

E poi non dormivo più.

Mi era entrata in corpo una eccitazione sovrumana e sconosciuta.

Il giorno vagavo scalzo, senza mutande, con calzoni sudici e messi alla rovescia, senza mangiare, bevendo solo acqua fresca dalle fontane ai bordi del campo.

Ma nonostante questa consolazione, non c'era pace, non c'era appagamento e oltretutto lei non arrivava, non si era presentata davanti alla mia tenda per abbracciarmi, non mi mandava messaggi tramite amici o chiamando a casa e lasciando detto a mia madre gli dica solo che l'ho cercato, e io mi stavo aggrovigliando nella frustrazione.

Da fuori della tenda arrivarono le note di *Satisfaction*, la luce blu mi apparve e finalmente mi sembrò di capire non tanto cosa volesse dire il vecchio Mick Jagger, ma cosa stesse provando. Questo grande slancio verso la vita che si esaurisce in nulla, questo girare nella ruota del criceto che non trova appagamento, *and I try, and I try and I try...* e allora dovevo anch'io provare a incanalare tutta questa sofferenza e frustrazione, urlare al mondo la mia insoddisfazione, un richiamo per lei, un urlo di protesta e di dolore.

Quando fui sudato e stanco tornai in tenda e partorii il mio colpo di follia più eclatante.

Su come lo partorii ho due ipotesi:

Ipotesi A) facendo un ragionamento articolato – capendo che avrei dovuto urlare il suo nome (camuffato), per sfogare il mio dolore e aumentare le tecniche telepatiche già in mio possesso.

Ipotesi B) sfruttando un segnale del caso: qualcuno in quel mentre chiamò un amico, urlando, e questo amico incidentalmente si chiamava:

Ilario.

E quando sentii risuonare il suo nome in versione maschile, capii cosa dovevo fare: non potevo essere così sfacciato davanti ai miei amici che conoscevano lei, il suo attuale fidanzato e me. Dovevo lasciare quell'anticchia di ambiguità e di ironia.

Uscii dalla tenda e, con tutto il fiato che avevo in gola, gridai:

Ilarioooooooo!?

(Con un lieve accento di domanda – come per chiamare qualcuno che hai perso.)

Ecco cosa avrei fatto: avrei usato l'urlo come megafono per richiamare il suo nome e come medicina per pulirmi dalla sofferenza.

Ti ho amata per la tua bocca morbida, sempre un po' aperta su quei denti sporgenti, quelle labbra pronte ad accogliere il mondo, quel sorriso che sprizzava l'innocenza e la malizia della gioventù che non si cura del giudizio, o meglio ne ha paura ma si fa comunque travolgere dalla voglia di assaggiare, pura nel tuo desiderio senza freni, perché selvaggia, perché amavi nel presente, perché amavi più di un uomo alla volta, eri aspra, pizzicavi le labbra e la mente, perché eri tutto quello che avrei voluto essere io, perché era un amore immaturo e senza ragione, sbandato, e ci avrebbe inevitabilmente portato alla catastrofe.

E infatti la catastrofe è arrivata e allora io ti ho chiamata al telefono, ti ho mandato biglietti e lettere, una notte insieme al Ragno siamo saliti sul tetto del palazzo di fronte al tuo e ti ho appeso lo striscione della manifestazione di maggio con su scritto "Ma l'amor mio non muore", scappando dal portiere del condominio vicino che ci aveva sgamato.

E tu niente. Hai sempre fatto finta di non sentirmi.

E allora non posso che attuare uno psicomagico salto nel buio: mi denuderò di fronte all'umanità, mi lascerò trasportare dalla corrente incalzante e amorevole del mondo e darò sfogo a questa frustrazione, a questo bisogno di dirti il mio amore.

Te lo urlerò a squarciagola:

Ilariooooooooooooo!?

E siccome urlandolo stavo meglio, dopo il primo urlo ne è seguito un altro e poi un altro ancora, e ho continuato di quando in quando, a tratti, all'incirca ogni ora, quando mi andava.

E a quel punto successe che qualcun altro dentro il campeggio iniziò a rimbalzare l'urlo. E così il grido cominciò a propagarsi come un virus, prima dentro il Pistoia Blues, da tenda a tenda, da falò a falò, il grido si sdoppiò e triplicò, poi uscì da quel recinto e arrivò al festival di Certaldo e quindi ad Arezzo Wave.

I miei compagni che avevano assistito a Pistoia allo scatenarsi del fenomeno mi venivano a riferire che avevano sentito il grido Ilario-oooooo!? a quel mercatino e a quel concerto e così travalicò i confini della Toscana e il contagio arrivò in Emilia, in Liguria, in Salento. Nel mezzo di un campeggio, di un ritrovo di artisti di strada, di un cerchio di bonghisti, qualcuno dal nulla gridava Ilariooooooooooo!? e a ruota partivano altri tre o dieci o venti Ilariooooooooo!? Ilarioooo-oooo!? Ilarioooooooo!? e così andò avanti per tutta un'estate e perfino a ottobre, negli ultimi scampoli di concerti nei centri sociali, all'uscita di qualche discoteca per scoppiati, insomma ovunque si trovasse la risacca delle feste notturne, c'era qualcuno che urlava il suo nome.

Addirittura mi vennero a riferire di averlo sentito a un rave a Ibiza, ma io nicchiavo e mi schermivo, così come doveva venire naturale a un potenziale messia, perché ero preparato e avevo studiato sui libri universitari che il profeta non si gloria della sua parola, che deve diffondersi in via apostolica, sono gli altri, quelli che assistettero o quelli che avevano sentito da uno che diceva di aver assistito, sono gli altri che lo hanno riportato e rielaborato ed è proprio quando si rielabora e si riordina e si romanza che la realtà allora diventa magnifica, leggendaria.

Il grido rimbalzò fra i tetti della Toscana e nel cielo d'Italia di città in città di spiaggia in spiaggia di festival in festival finché la cosa divenne talmente strana che dovette occuparsene il telegiornale nazionale.

Al TG1 a metà di quell'estate lanciarono un servizio come notizia di costume, non capendo neanche bene loro di cosa stessero parlando.

La signorina che presentava, forzando un'espressione fra il divertito e l'incredulo, annunciò che era nata questa strana moda dei giovani di urlare Ilariooo! – e leggendo la velina, sempre più confusa continuò: moda che sembra sia nata a un concerto o a un festival.

Dopo quella volta non ne parlarono più. Che altro dire in effetti?

Io invece continuai con le lucine, la visione sfocata e miope della realtà, la gnudità identitaria, le urla psicomagiche.

Mi inventai altre regole: dovevo essere gentile con tutti, c'era un grazie sentito per il giornalaio e il venditore di hot dog, il saluto per tutti era "vogliti bene", e cantavo e sorridevo, entravo nei cerchi di sconosciuti, abbracciavo gli alberi, m'innamoravo di tutto, correvo dietro ai cani, leggevo ogni gesto, ogni musica, come un tassello di un enorme infinito sistema di segni interconnesso, m'inabissai nella magia della terra e per un certo periodo sono guarito dalla sofferenza di non essere adatto a quello che la società mi chiedeva, incurante o inconsapevole dello sguardo giudicante del mondo.

Tutti mi volevano bene. Perché stavo male e il mio vuoto era una sorta di mostro che si doveva nutrire dell'amore dell'altro. Non mi ha voluto bene mia madre, non mi vuole bene Ilaria. Vogliatemi bene voi, vi prego.

E quindi facevo il simpatico, il gentile, sempre pronto alla battuta e a dare via soldi, macchine, e tanta erba.

Entravo nelle tende di sconosciuti e gli lasciavo tre, quattro cimine, e dicevo a quello a cui le avevo messe in mano:

– Vogliti bene.

E ciao.

I miei amici si incazzavano: va bene essere generosi, ma regalare erba agli sconosciuti, cazzo! Si calmavano solo quando la regalavo a loro. Come infatti successe per l'ultima cima rimasta, che gli lasciai come dono d'addio, circa sessanta ore dopo l'inizio del grande smatto.

E alla loro prima domanda:

– Dove vai?

Risposi:

– Altrove.

E alla seconda:

– E quando torni?

Risposi:

– All'incirca.

E con delle espadrillas regalatemi da un barbone me ne uscii dal campeggio.

E mi lasciarono andare tranquilli, pensando che sarei tornato presto: in fondo non avevo soldi, cibo, acqua o fumo, manco le sigarette. Entro un'ora, massimo due, sarei stato lì di nuovo con loro.

Solo Viola ebbe la premura di provare a distogliermi dal proposito e poi mi pregò almeno di fermarmi alla prima cabina telefonica e chiamare i miei genitori visto che non li sentivo ormai da tre giorni.

Ma di cosa si sarebbero mai dovuti preoccupare?

Ero nel miglior stato in cui un genitore può augurarsi di vedere un figlio: libero di vagare nel mondo, attore di se stesso, attore del dio che è la coscienza universale.

Uscii dal campeggio e iniziai a seguire i cartelli stradali, quelli blu che indicano dove svoltare. Perché il blu, come per le lucine negli occhi, era colore amico e perché nella mia religione gran parte del culto si basava sull'affidamento al caso.

Solo che seguire le frecce blu in pratica voleva dire seguire i sensi unici e seguendo i sensi unici non è che vai molto lontano, ti puoi ritrovare a camminare in tondo per ore.

Quindi a un certo punto, siccome la mia era una religione poco integralista, e soprattutto perché il capo della religione ero io, decisi di superare il concetto dei cartelli blu e affidarmi alla magia del caso che poteva nascondersi in una scritta sul muro, nel nome di una via o di una piazza, in un cartellone pubblicitario.

E quindi, abbandonata la bussola dei cartelli blu, mi feci risucchiare dal mondo, sicuro che tutto sarebbe andato nel migliore dei modi.

Ecco come funzionava l'antiparanoia.

Credo che partì vaga, una sensazione generale di benessere e condivisione, come se fossi finalmente entrato in un mondo fiabesco, giocoso e sicuro.

Poi, con l'avanzare della pazzia si solidificò attorno alla figura paterna. Iniziai a pensare che mio padre fosse un uomo straordinario che nascondeva dei segreti indicibili.

Era un agente dei servizi segreti britannici? Era un templare rosacrociano come Yeats? Era uno dei maggiori esponenti di una società che si batteva contro i nemici dell'umanità? Era tutto questo insieme e un uomo ricchissimo, non ricchissimo come Bill Gates o Berlusconi, ma di quella categoria dei ricchissimi più ricchi dei ricchissimi che si sono comprati l'unico vero valore che un ricchissimo non può possedere e cioè l'anonimato?

Ecco spiegato perché in casa nostra non ci fosse mai una lira, perché l'unica che mi desse due soldi era mia madre che litigava ogni giorno con suo marito perché lui (si era inventato che) aveva perso tutti i soldi: perché mio padre era uno dei rarissimi magnati che non voleva figurare come tale, ma aveva trovato la sua disguise cullando la sua passione per i poeti neoromantici e modernisti, trovando un semplice e umile posto come professore universitario di letteratura inglese.

Questo privilegio lo ha comprato con moltissimi soldi, certo, ma anche con una rinuncia agli agi, accettando una vita di sacrifici (il tetto che perde acqua, la macchina di terza mano col cambio rotto, la spesa in due supermercati diversi per risparmiare), per una forma di autodisciplina, di rinuncia al lusso, di rettitudine, e per non mettere in pericolo né fisicamente (rapimenti e ricatti) ma neanche moralmente se stesso, né la propria moglie né soprattutto il proprio figlio che altrimenti sarebbe stato nient'altro than a spoiled brat, viziato in un mondo di ricchi viziati, che non avrebbe mai affrontato le asperità della vita vera, non si sarebbe mischiato alla gente povera e umile, i rinnegati, tra cui solo può nascere un rivoluzionario, un poeta, un profeta che salverà il mondo dalla sua autodistruzione.

Questa era una grande idea.

Ecco cosa ero: una sorta di esperimento perpetrato da mio padre e altri illuminati che mi monitoravano passo passo nella mia esistenza, e mi aiutavano solo nel momento in cui mi stavo mettendo seriamente in pericolo di vita, ma per il resto mi osservavano divertiti ed entusiasti, visto che stavo riuscendo a sorprendere perfino loro che di lavoro monitoravano gli eletti, e diversi ne avevano seguiti.

Ma ero io il fuoriclasse dei profeti, ero io il supermessia, quello che avrebbe deviato il corso dell'umanità in maniera invisibile verso la giustizia, la pace e una nuova elevazione.

E alla morte di mio padre, al posto di ingiunzioni di pagamento per una serie di debiti da mezze società del mondo, scoprirò che tutta questa storia degli appartamenti svenduti, delle migliaia di euro perse in questa truffa della borsa non è che una sua meravigliosa bugia, una geniale strategia per spronarmi a fare qualcosa e non sedermi sugli allori di una famiglia troppo agiata, e che questa ansia che mi ha fatto passare notti insonni preoccupandomi dei debiti e delle ipoteche sulla casa ha un senso preciso, che è una scudisciata alla mia pigrizia e viltà, alla propensione (ahah!) a sognare a occhi aperti, e fantasticare di cose che in realtà non sono.

E mi vergogno a scrivere di queste mie illusioni. Sono pensieri così fragili e patetici che mi faccio tenerezza da solo a buttarli giù. Ma in fondo raccontare tutto questo non è forse l'evoluzione di quel processo di ridefinizione che era partito dal grande smatto? E il grande smatto non poteva essere anche la cura della psicosi e non solo il suo sintomo?

E lo so che fa più male scrivere di queste mie allucinazioni su mio padre che non di quelle sulla coscienza cosmica, sulla telepatia e la singolarità dell'universo, quando tutto sarà connesso come un'unica mente senziente e condivideremo tutto, roccia, stelle, vuoto infinito. Perché provare a scavalcare i problemi di tutti i giorni, passando a un livello superiore, elevarsi di fronte alla contraddizione di questa frazione di vita, alzarsi in volo verso un'idea più alta, planare sopra questo piccolo intervallo, minuscolo di fronte all'infinito dell'universo, è in fondo una legittima difesa dell'umanità di fronte a questa immensa inculata della morte.

Forse è proprio perché ho smesso di essere onesto con me stesso che mi ritrovo così quindici anni dopo: chiuso in casa, depresso, senza contatti con l'esterno, a proteggermi da qualsiasi spiffero di umanità. Solo Ottavia mi fa compagnia, e prova di quando in quando a convincermi a uscire, chiamare qualcuno, almeno rimettermi a lavorare.

Se potessi perlomeno raccontarvela, questa depressione. Ma la sua difficoltà di cura credo risieda proprio nella difficoltà di descriverla. Se uno potesse narrarlo questo male oscuro, forse si riuscirebbe a salvarne diversi. Invece, al contrario del grande smatto, che aveva tutta questa sua spettacolarità esplosiva, la depressione rimane un male vago, astratto, che non si prende mai con la dovuta serietà finché non ci si sprofonda in prima persona. O forse non ci si prova a raccontarla perché si ha paura di contagiare gli altri.

Perché poi alla fine la depressione c'ha le sue ragioni. E l'ironia è tutta qui: l'uomo o rimane indifferente alla propria situazione facendo finta di nulla, sforzandosi di capire il meno possibile, o se ne deve deprimere. Che scherzo di cattivo gusto sono questo mondo e questa vita con le loro ingiustizie così evidenti?

E allora si torna lì. L'unica cosa che posso fare oggi dopo questa sequela di colpi che mi sono arrivati a trentotto anni è aspettare il risultato della risonanza andata a metà, e ripensare a quel momento di follia che facevo finta non fosse nemmeno successo. O almeno rimuovevo. E invece dopo la prima terribilità, e ancora di più dopo la seconda, è tornato a bussare alla mia mente, come se fosse stato non solo la chiave di volta della mia adolescenza, ma anche il modo in cui sono entrato nella maturità e quindi il seme di questi guai recenti.

E continuando nella mia recita da panda chiuso nello zoo, non potendo uscire di casa, non potendo raccontare il presente della depressione, ma nemmeno pensare a un futuro, non potendo insomma fare praticamente un cazzo, ho iniziato ad analizzare il mio passato. Prima è stato solo un riaffiorare spontaneo di ricordi, poi un racconto di scampoli di aneddoti durante delle cene grigie con Ottavia, dove mi ingozzo di carboidrati e grassi non per fame ma sperando che attivino qualche sinapsi del mio reward-system. Il primo step verso gli psicofarmaci: pasta, cioccolata, patate fritte.

Poi mi sono messo a indagare su quella estate di quindici anni fa su qualche sito, qualche voce di Wikipedia, e piano piano mi è presa una curiosità insaziabile (buon segno di vitalità o brutto segno del crogiolarsi nel proprio male?) e allora libri, articoli, enciclopedie mediche, e dopo un'analisi comparata ho capito che secondo la definizione medica quello che successe in quell'estate del novantasei si dovrebbe chiamare primo episodio (o esordio) schizofrenico.

(Onestamente non so a cosa possa servire la catalogazione, ma che bellissima definizione è "esordio schizofrenico"?)

E per essere più precisi si trattava di un disturbo mentale probabilmente schizotipico che ho evidentemente ereditato dai miei genitori e nonni e antenati e dal mio contesto, e che ho rimodulato in maniera personale e al passo coi tempi (come un romanzo: "Com'è il suo esordio? Be', interessante... ha preso a esempio vecchi modelli, ma rielaborandoli in maniera contemporanea...") e questo episodio rientra precisamente nei parametri del manic episode che infatti si manifesta con allucinazioni moderate (le lucine), incoerenza ed espressione astratta del discorso (vado a Paisa, all'incirca, torno verso il tramonto), grave disorganizzazione del comportamento nel vestiario (spogliarsi nudo e rivestirsi con i pantaloni di un barbone), nei disturbi del sonno e nei disturbi del pensiero (velocità associativa, aumento della verbalità, passare da un argomento all'altro, neologismi, risposte collegate a una domanda in modo obliquo – Ilarioooo!?).

E nella forma specifica direi un mescolamento tra delirio onirico, religioso, (anti)paranoico o pronoico, di grandezza e di identità.

Quando racconto tutto questo a Ottavia, lei mi guarda a volte capendo, a volte spaventata. Anche perché del grande smatto aveva sentito parlare solo di sfuggita: una sua amica quando ci eravamo appena conosciuti le aveva detto stai attenta che quello è pazzo. Ma niente di più. E anche io mi spavento mentre leggo di tutte le patologie a cui sono soggetto, mi sento sprofondare dentro una malattia più grave di quello che immaginassi, e allora mi dico: ma allora sono proprio un caso irrecuperabile. Altro che mal di testa che mi mangia il cranio, qui c'è di peggio.

E il paradosso è che il solo fatto di stare ad analizzare mi mette già in una posizione di svantaggio rispetto alla vitalità di quel tempo.

Tutto si può dire, ma almeno a quel tempo ero vivo, no? Certo, ero fuori come una zucchina, ma troppo facile fare ragionamenti adesso a trentotto anni, seduto sul divano a bocce ferme, con una casa di proprietà della banca che provo a riprendermi pagando rate di mutuo, con un Honda SH 150 preso con un vantaggiosissimo finanziamento a tasso zero, una ragazza fissa da sette anni, un lavoro, le riunioni di condominio e i preventivi per la facciata da rifare.

Adesso che mi sono normalizzato, adesso che ci sono io dalla parte di quelli che vanno ai concerti pagando venticinquemila lire a sera, che tifano Italia ai mondiali e lavano la macchina, mi posso permettere di guardare con occhio clinico l'altro me che stava quindici anni prima nel campeggio dei disadattati e fare una disamina della questione.

Adesso posso chiedermi se l'alien pronto a mordermi la nuca a ogni tentativo di orgasmo sia arrivato da quel periodo dove mi ero sfondato di chissà quali sostanze. Adesso forse potrei ripercorrere quell'estate, magari con l'aiuto di qualche amico, e capire quali droghe avessi assunto che poi col tempo hanno continuato a scavare nella testa fino a formare quel buco nero che mi risucchia il cervello. O magari non è questione di sostanze, è semplicemente successo che avendo piantato là un semino di veleno psicologico mi si è poi tramutato in un tumore quindici anni dopo.

E anche se in effetti scoprissi che a quel tempo un tarlo aveva poi continuato a scavare la mia testa come una mela bacata, con dei pensieri sbagliati, autodistruttivi, facendo una sorta di percorso psicologico che mi aveva portato a cariare cellule e sinapsi e da psico fosse diventato somatico, se capissi come e perché il corpo avesse ceduto a un flaw della mente, cosa ci guadagnerei?

Ma anche se scoprissi da un amico che un giorno mi aveva visto nudo come un verme urlare Ilarioooo!? e poi sniffare del Vinavil dalla bottiglietta bianca della colla, a cosa mi potrebbe mai servire? Solo a dire: accidenti a me, non potevo divertirmi giocando ai videogiochi e andando a pescare polpi fra gli scogli? È inutile ora capire quando è successo il fattaccio. Cosa me ne faccio di questa informazione?

Chissà se le domande, anche giuste, siano una cura contro una malattia incubata troppo indietro nel tempo, magari perfino nella pancia di mia madre. Chissà se l'unica soluzione non sia quella farmacologica. Rassegnarsi al fatto che ho bisogno di altre sostanze, dei benedetti psicofarmaci che mia mamma continua a consigliarmi per sopperire alla mancanza di serotonina venuta a scemare piano piano dopo l'esplosione del grande smatto.

Quello che so è che in quella lontana estate ero solamente risucchiato dalla bellezza del mondo. Là, in quell'involucro magico di tempo, finalmente la terra mi apriva le sue gambe, mi chiamava con voce morbida e accogliente. Di che mi dovevo mai preoccupare se l'organizzazione di mio padre o la strada del caos mi avrebbe condotto fra le braccia dell'illuminazione siddhartica? Figurati se dovevo aver paura a camminare scalzo, che la polizia mi beccasse l'erba, che mi rinchiudessero in qualche clinica psichiatrica, che i neonazisti mi dessero fuoco perché ero un barbone.

C'erano emissari che mi seguivano, mi scortavano, c'era un canale di energia positiva che mi guidava e proteggeva. Il mondo mi si schiudeva dinanzi in un cammino che i miei predecessori messia avevano preparato per me.

Ho girato a caso e per caso, forse seguendo qualche ragazzo vestito fricchettone, forse altre frecce e lucine blu e nomi di strade che portavano significati reconditi, ho preso un treno per Firenze, poi per Montevarchi, poi girato per la campagna, andato in una casa di senegalesi che facevano una festa, tornato a Firenze, mangiato una prugna che sbucava da un ramo di un albero, guardato per ore il polittico del Baroncelli di Giotto e alla fine, un paio di giorni dopo, non ricordo come, sono riuscito a tornare a Pisa e arrivare al Macchia Nera che era la mia tana, il mio Palazzo di Atlante.

E infatti, nonostante fossero le tre di notte, ci trovai il Ragno e il Checcacci e altri miei amici drogati anch'essi, ma comunque molto più lucidi di me che ero ancora senza occhiali, vaneggiante e di nuovo a piedi nudi perché sul tragitto mi venne in mente che la chiesa di fronte al centro sociale era intitolata a san Michele degli Scalzi – guarda te che coincidenza.

Lo attraversai così il cancello del Macchia: scalzo e vestito di stracci. I miei amici, seduti in cerchio a finirsi l'ultima canna, mi videro arrivare come un asceta di terre lontane.

Quando capirono chi ero, risero, si preoccuparono, mi chiesero dove fossi stato.

– In giro.

Risposi.

– Ma dove?

Insistettero.

– All'incirca.

Specificai.

Ma era tardi per gli indovinelli e avevano sonno e volevano tornare a casa.

Quindi i miei amici drogati ma responsabili provarono a ragionare sul da farsi e mi chiesero se non sarebbe stato meglio tornare a casa dei miei.

Andarono a prendere la macchina e si preoccuparono di non farmi rientrare in casa scalzo, con pantaloni da barbone senza mutande, e una T-shirt sporca che portavo alla rovescia.

Mi chiesero dove fossero le mie scarpe e io risposi:

– Sotto il bimbo che ride.

– Dico di luogo, ascoltami, dove sono le scarpe?

– Sotto il bimbo che ride.

Ripetei.

Mi misero almeno dei calzini, mi diedero una T-shirt normale e dei jeans scuciti ma sempre meglio dei pantaloni che mi aveva regalato un barbone al Pistoia Blues. Mi caricarono in macchina e, fatto il curvone che entra sul viale alberato delle piagge, arrivati alla rotonda davanti ai vigili del fuoco, videro un grande cartellone di una pubblicità di una merendina con una enorme faccia di un bambino contento.

E il Ragno, in un momento di rara intuizione, urlò:

– Il bimbo che ride!

Inchiodarono, scesero dalla macchina e sotto il cartellone trovarono il mio paio di espadrillas.

Mi misi le scarpe e mi scaricarono davanti a casa.

Erano le tre e mezzo di notte.

Mia mamma era in vestaglia con le occhiaie del pianto e dell'insonnia. Erano quattro giorni che non la chiamavo e l'ultima volta che aveva avuto notizie su di me era stato quando il figlio del verduraio sotto casa le aveva detto che qualcuno mi aveva visto camminare nudo sopra i vagoni di un treno in corsa.

E l'ultima volta che l'avevo sentita al telefono parlavo già per formule magiche, e quando mi aveva chiesto:

– Ma quando torni?

Avevo risposto:

– Verso il tramonto.

Questo strano essere cambiato nell'aspetto e nei gesti, un asceta giunto da posti lontani, che un giorno forse era stato suo figlio, alle quattro del mattino, in quello stato, la guardava con l'occhio spiritato e le parlava per simboli e metafore.

(E lei aveva già un trauma pregresso perché aveva assistito allo scaturire della schizofrenia di sua sorella Teresa.)

Infatti non si riuscì a ragionare: lei era troppo ansiosa, io troppo sbalestrato e poi mia mamma appunto ha paura degli irrazionali-pazzi, mentre mio padre non è un caso che abbia dedicato tutta la sua vita allo studio di Yeats che fra le sue altre stranezze fondò The Hermetic Order of the Golden Dawn, società segreta magico-iniziatica.

L'unico modo di risolvere la cosa fu che mia madre restasse fuori dalla mia stanza e io e mio padre ci chiudessimo dentro e si iniziasse a ragionare di varie questioni esistenziali e filosofiche per sviscerare il problema. E dopo qualche ora che si andava avanti a parlare per simboli e versi, per sgombrare ogni dubbio presi il mio casco rosso, stappai un Uniposca, feci un pallino sul centro del casco e accanto a quel pallino ci scrissi un nome. E quel nome era Ilaria.

Mio padre uscì di stanza soddisfatto e provò a tranquillizzare mia mamma:

– Tutto sotto controllo, è solo innamorato.

Ma per mia mamma non era tutto sotto controllo manco per niente.

E quando mi sono svegliato circa venti ore dopo, è stato già tanto che non mi sia ritrovato legato mani e piedi, trasportato su un'ambulanza verso una clinica in Svizzera.

Aveva già contattato tutti i suoi amici medici e psichiatri e mi aveva fissato dei grandi appuntamenti al SERT.

– Al SERT!? Ma sei matta!?

– Fallo per la tua mamma, se no la tua mamma muore di crepacuore. Mu-o-re!

Ma come?

Allora la mano del dio del caos che mi salvaguardava? Dov'era finita se ora mi mandavano al SERT e magari rischiavo un Trattamento Sanitario Obbligatorio? Forse che era una prova? Forse. Ma questa volta mi cacavo anche un po' addosso.

Questa paura mi era nata perché a Padova con quelli del centro sociale Pedro eravamo dovuti stare dietro per delle settimane a una ragazza che era finita al SERT una sera che l'avevano trovata piangente e tremante che vaneggiava e vagava in stazione e non voleva più tornare dai suoi genitori.

(Ci raccontò più in là una sua amica che, tra le altre cose, i suoi la chiudevano in uno sgabuzzino per giornate intere.)

Al SERT, siccome aveva opposto resistenza perché aveva paura che la rinchiudessero, alla fine l'avevano rinchiusa davvero e quando ne era uscita era scappata un'altra volta di casa, e si era nascosta a casa nostra, terrorizzata peggio di prima.

Quindi il TSO per me era sinonimo di camicie di forza, botte, punture di sostanze misteriose, un incubo alla *Qualcuno volò sul nido del cuculo*, insomma l'espressione ultima di una istituzione cieca e autoritaria, il braccio armato dello Stato che in quanto entità autopreservante è terrorizzato da qualsiasi deviazione dalla normalità.

Mi avrebbero prelevato da casa e chiuso in una struttura detentiva con la legge del TSO al loro fianco e poi imbottito di roba chimica, legato a un letto e fatto friggere con l'elettroshock.

E c'è poco da ridere, perché a Pisa questa cosa dell'elettroshock è una cosa del tutto plausibile visto che Cassano è considerato il più grande psichiatra pisano e uno dei migliori in Italia, uno di quei luminari che hanno curato il cugino di e il figlio della, e fa ancora gli elettroshock, convinto che siano una buona cura.

Su questa cosa del SERT e dell'elettroshock mi piacerebbe fermarmi qui, spacciare demagogia per redenzione e tornare dietro le quinte mentre mi applaudite per queste chiare parole contro lo Stato psicoterrorista, ma il patto purtroppo è di caricarsi sulle spalle la complessità del mondo.

E quindi devo aprire una parentesi su Ignazio.

Ignazio al tempo aveva cinquant'anni e mi raccontò che da quando ne aveva quindici (da quando cioè era stato abbandonato da suo padre e sua madre era morta) aveva iniziato una cura di psicofarmaci ed elettroshock, perché lo affliggevano continue crisi di nervi e aveva tentato il suicidio un paio di volte, e passando da psichiatra a psichiatra era finito in cura da Cassano e quello era il suo metodo di terapia.

Quindi Ignazio era sotto antidepressivi da quasi quarant'anni, ne aveva provati di tutti i tipi, aveva sperimentato tutta la storia dello psicofarmaco sulla sua pelle, dalle imipramine alle benzodiazepine fino ai serotoninici e quindi (dopo anni e anni di uso a intermittenza, costante, di intrecci, di abusi, di racconti di altri pazienti disturbati) li conosceva e li capiva molto bene.

Verso i quarantacinque anni aveva cominciato a farsi le ricette da solo (aveva rubato un ricettario da uno studio medico) e provava abbinamenti e sequenze di medicinali e dopo altri anni di tentativi riusciva a fare cocktail di farmaci al millilitro per sé e per altri amici in difficoltà, e si era iscritto a un forum su internet per medici, spacciandosi per uno psichiatra di Pisa perché era riuscito a scannerizzare i bolli o i timbri di non so quale facoltà, e si faceva chiamare professore Ignazio Gori Malossi e faceva il culo a tutti perché quando la gente scriveva:

"Io somministro questo mix di psicofarmaci ai miei pazienti..."

Lui rispondeva subito:

"No, il Tavor se lo mescoli con X o Y finisce che ti abbiocca mortalmente e alla fine ne esci più depresso di prima."

E tutti:

"Ma è sicuro professor Gori Malossi?"

Son sicuro? Mi ci son bombato per tre anni con quella roba!

Ma non poteva che scrivere:

"Fidatevi e provate quest'altro abbinamento sui vostri pazienti, perché da alcune ricerche fatte all'Università dell'Oregon..."

E più scriveva sul forum e più prendeva autorevolezza e prestigio e faceva delle analisi a cui fino a quel momento nessuno era arrivato e finì addirittura per firmare insieme ad altri professoroni italiani un paio di articoli scientifici sull'uso degli psicofarmaci su prestigiose riviste e così iniziarono a invitarlo a delle conferenze, e alle conferenze faceva interventi e relazioni che strappavano applausi, finché al quarto o quinto convegno a cui era stato invitato (siccome era presente uno degli psichiatri che lo aveva avuto in cura che lo riconobbe) fu portato via, non so se da un'ambulanza o come, ma comunque lasciando uno strascico di grande imbarazzo nella comunità accademica.

Insomma, tutto questo per dire che lui era uno che capiva di depressione e farmaci perché era un prodotto umano di quella malattia e di quelle sostanze, e mi aveva detto che non solo pensava che gli psicofarmaci in determinati momenti fossero una salvezza, ma che, un paio di volte, quando non stava particolarmente bene, era entrato di soppiatto al reparto psichiatrico dell'ospedale Santa Chiara, si era steso sul lettino, messo la pomatina alle tempie, gli elettrodi alla testa e si era fatto l'elettroshock da solo.

Una bottarella di una decina di secondi, e se n'era riandato via più sereno.

Magari era semplicemente dipendente dagli antidepressivi e forse anche dall'elettroshock, ma insomma di facili anatemi non se ne possono fare.

Anche perché, devo dirlo, mi porto sulle spalle un peso, un senso di colpa, ben più grande.

Avevo rimosso, o forse ho fatto finta che non fosse così necessario da scrivere, un episodio successo poco prima del grande smatto.

Riguarda il fratello di una mia amica, si chiamava Roberto, che aveva dato di testa dopo che era morta la loro madre in un incidente stradale.

In realtà anche la mia amica e pure l'altro fratello, il maggiore, avevano dato di testa, anche se in maniera più lieve. Era come se la morte della madre fosse stata per i tre fratelli una sorta di bomba psicotica, ed era rimasto ferito di più chi era più vicino all'esplosione – ognuno aveva accusato il colpo a seconda della distanza di anni dalla madre morta: il più grande si era chiuso in casa con la sua ragazza, iniziarono a giocare a non so quale gioco al computer e non uscirono più. La sorella di mezzo diventò testimone di Geova. Roberto pensava che suo padre non fosse il suo vero padre, che a scuola lo volessero indottrinare su non ho capito quali teorie, che la televisione mandava dei raggi speciali per tenere sotto controllo la popolazione e non tornava più a casa, andava in giro per Pisa con una bicicletta scassata e le cuffie del walkman sempre nelle orecchie.

Un giorno lo incontrai al Macchia Nera, parlammo di varie cose, di viaggi, libertà, senso della vita. Poi mi fece:

– Dicono che sono pazzo e mi hanno portato al SERT, mi vogliono dare gli psicofarmaci.

Io sobbalzai:

– Ma sei matto? Quella roba ti rincoglionisce.

E lui:

– Infatti mica l'ho presa!

E io:

– Bravo, resisti. In gamba, eh!

Gli schiacciai un cinque e me ne andai.

Due mesi dopo ha legato una corda alla trave del soppalco di camera sua e si è impiccato davanti al poster di *2001 Odissea nello spazio* che gli avevo regalato per il suo sedicesimo compleanno.

Insomma a cena, diciotto ore dopo essermi addormentato, mia mamma annunciò che aveva già fissato una visita con un bravissimo psichiatra del SERT, uno che nel suo studio privato prendeva duecentomila lire per un quarto d'ora.

Ho provato a ripeterle che non ci volevo andare, che quelli sono posti dove uno entra per un innocente colloquio e poi in quattro ti prendono a tradimento un arto per uno e ti legano a un letto e chissà quali sostanze ti sparano in vena.

Ma mia madre mi assicurava che no, quelle robe si vedevano nei film, questa era solo una chiacchierata – e più insisteva più capivo che il suo non era altro che il disperato grido di aiuto di una madre con un figlio disgraziato.

– Fallo per tua madre! Ti prego!

Allora ho chiamato i miei amici più fidati chiedendogli di accompagnarmi e difendermi se avessero provato a sequestrarmi.

Mi preparai uno zainetto con trecentomila lire in contanti, un coltellino svizzero, dei crackers e una bottiglietta d'acqua. Dal cassetto dove tenevo tutte le cose dell'Inghilterra presi il mio passaporto britannico e il contratto o testamento che diceva che mia nonna Yvonne Berk Johnson mi aveva lasciato novanta milioni di lire se mai mi fossi laureato e se fossi arrivato vivo a trent'anni.

Il piano era questo: se mai avessero provato a portarmi via per mettermi in un TSO, ci saremmo difesi e io sarei scappato su un treno fino a Calais, avrei preso il traghetto per le bianche scogliere di Dover, mi sarei dichiarato cittadino britannico e avrei riiniziato la mia vita lì.

– A voi amici manderò una cartolina di una piazza di Londra, ci sarà scritto solo "Baci e abbracci, R", ma voi saprete che se vorrete rivedermi mi troverete tutti i lunedì alle sette di sera là in quella piazza.

Si salì tutti nella stessa macchina e si partì per gli uffici del SERT in via Bonaini. Avevo con me tutti i miei oggetti magici del caso, compresa la bottiglietta d'acqua, uno dei simboli del mio nuovo verbo:

"Droga base acqua."

O più precisamente: "Droga base acqua, nonché fondamentale."

Da un lato, se mi avessero fatto fare le analisi delle urine (infatti me le hanno fatte fare), mi depuravo dalle scorie delle sostanze illegali e li fregavo, dall'altro – in conseguenza di questo e oltre questo – significava: questa è la mia droga, io mi drogo con l'acqua perché la dose omeopatica è già qua dentro, non tocco droghe a parte la vita, la vita è una droga, e non sto parlando di bere caffè, fumare le sigarette, bere alcolici, che sarebbe facile, ma andare in bicicletta, studiare semiologia, fare sesso, gridare a un corteo, essere innamorati pazzamente, mangiare una fetta d'anguria è drogarsi.

Bere acqua è drogarsi.

Ecco come ci arrivai alla visita.

E il bello è che adesso al SERT di Viareggio c'è uno di quegli amici della guardia pretoriana, con cui mi sono fatto diverse canne in gioventù e pure qualche trippino. Insomma come assistente sociale al SERT c'è un ex drogato.

E questa cosa mi fa pensare che, probabilmente, anche quel povero cristo che mi ritrovai davanti quella mattina fosse un uomo intelligente, sensibile, acculturato, che magari si era fatto o ancora sporadicamente si faceva qualche cannetta in compagnia.

Anche perché era un tizio vestito casual, che si masticava il sigaro in bocca, un signore che dall'aspetto sembrava uno dei nostri.

Ma per me, in quella giornata campale, rappresentava solo un nemico – perché la sola sua presenza, il solo fatto che io e lui ci trovassimo da due parti opposte di una scrivania in un ufficio di quello che io credevo fosse l'acronimo di Servizio Emergenza e Recupero Tossicodipendenti, in quei ruoli codificati, era la prova che non era vero che io stessi bene ma che, al contrario, fossi malato di mente.

E comunque, se proprio fossimo dovuti arrivare al nocciolo della questione, io mi stavo curando (gli dissi), visto che stavo sicuramente meglio di quando ero depresso. Ed ero depresso da quando mi ero lasciato con Ilaria, con quel senso di abbandono e frustrazione che mi aveva accompagnato giorno e notte, sì, ma pure prima, da quando ci vedevamo clandestinamente e poi ufficialmente – perché quegli sbalzi di umore, quella danza di entusiasmo e miseria, non erano già una forma di depressione?

E perché poi, sentirsi rinnegato, rivoluzionario e ribelle contro un mondo che era solo una sequela di ingiustizie, che sintomo era quello?

Quindi non mi stavo curando? Certo, non in maniera normale, e tuttavia.

Ecco che gli spiegai: se deviare dalla normalità significava essere malati, una società omologata e personalità da catene di montaggio, volete.

Gente come voi, con questa rabbia di capire, dissezionare, riempire i vuoti per far diventare la vita lineare, avrebbe chiuso gente come Artaud e la Merini in un manicomio.
Come infatti è successo.

Perché la normalità è un'invenzione di chi è privo di fantasia, ecco cosa è. E ci sono idee spaventose che brillano nel cranio del matto, il coraggio di lasciare il suo destino al caos, di accettare il mistero delle nostre vite con innocenza. Idee che voi non capite.

Ecco cosa gli dissi.

Gli dissi che solo la cultura occidentale moderna aveva rinunciato a spazi e tempi dedicati alla sperimentazione psicotropa. In tutte le altre società passate ma pure presenti, sostanze di varia natura vengono utilizzate per connettersi con il lato oscuro e sconosciuto dell'universo e della nostra mente.

E in tutto questo i miei amici annuivano alle mie spalle – non ricordo come, ma ero riuscito a convincere quelli del SERT a farli stare nella stanza, a guardia che questo non mi facesse una puntura svenente a tradimento.

– Ho il passaporto britannico, eh.
Insistevo.
– Fammi pure le analisi delle urine, tanto non tocco nulla da una settimana. A parte droga base acqua.
E gli sventolavo la bottiglietta da mezzo litro davanti.

L'uomo scuoteva la testa. Ero un caso disperato. Era arrivato al punto che non sapeva che altro dirmi se non che mi faceva male drogarmi, che mi stavo recando danno alla salute.
E allora gli dissi:
– E allora te smetti di fumare il sigaro, che poi ci prendi il cancro.

Così arrogante ero. Roba da schiaffi. Ma a quel poveraccio toccava stare ad ascoltare il mio delirio di onnipotenza per un salario mensile credo non troppo lauto, che tra l'altro comprendeva la clausola di non potermi nemmeno tirare un paio di manate sul muso.

Mia mamma però insiste:
– Perché non ci torni al SERT?
– Mamma, quello già l'ho macolato bene, poraccio, lascialo perdere.
– Ma come? In che senso?
– Nel senso che dài, diventa imbarazzante...
Ma lei mi prega.
– Ti prego, fallo per tua mamma.
Ma io tengo il punto.
– Che ho fatto di male, in fondo? Son tornato a casa sano e salvo o no? Ho picchiato qualcuno? Ho distrutto cose?
E allora lei ci pensa un attimo e mi dice, sofferente:
– Be', hai distrutto la carta d'identità.
– Ma era un atto simbolico.
– E la patente.
– È lo stesso tipo di simbolo.
– E gli occhiali?
– Gli occhiali te l'ho spiegato.
– E ora li devi rifare.
– Lo so, ora li rifaccio.
– E la macchina dov'è?
– Da un mio amico fidato.
In effetti lo dovrei ricontattare.
– Chi ce l'ha la macchina!?

A chi l'ho data la macchina? Al Ragno no. A Cisco nemmeno. A Tetano, mi sembra.
Quando è stata l'ultima volta che l'ho usata? Poi non l'ho più risentito.

E ora dov'è? Porca zozza eva ladra.

E però.

E però non è giusto che ce l'abbia uno che ne ha bisogno?

Certo. Ovvio.

Ma a mia madre come spiegarglielo, che era un regalo, toh un prestito equo per qualcuno più sfortunato di te?

Niente, via. Tocca tornarci, al SERT.

E allora mi preparo un'altra volta, pure meglio, come a un esame, libri, appunti e tutto. Chiamo i miei amici e andiamo di nuovo e quelli del SERT, furbi come faine, non mi ci fanno più trovare quello col sigaro, ma una donna.

La donna mi dice:

– L'altro è andato in vacanza quindi ora ci sono io.

Non ci credo manco un secondo ma dico ok e riparto a macchinetta: sono cittadino britannico, droga base acqua nonché fondamentale – e che dire dei misteri eleusini, dove le sostanze psicotrope erano strumento di conoscenza e trascendenza? E che papa Leone XIII era dipendente dalla cocaina ce lo vogliamo scordare? Che ne faceva uso giornaliero e consegnò una medaglia d'oro al fabbricante di quel tonico lo vogliamo dire o no?

– E poi, scusi un attimo, ha mai letto *Storia notturna* di Ginzburg?

– Veramente no, però...

– Lasci che le racconti: in *Storia notturna* è scritto che per i riti sabbatici in Italia e in Europa, molti dei quali hanno contribuito alla formazione di culti pagani e pseudocristiani, c'è una sola spiegazione: che ovunque si verificassero c'era nella zona la presenza di amanita muscaria. Il fungo, quello rosso con i pallini bianchi, presente? Lo sa che Philip K. Dick cataloga diverse ricerche che provano che Gesù e i primi cristiani erano una setta che si cibava del fungo allucinogeno? Ecco, non vorrei spaventarla troppo, ma di sicuro tutta la storia del mondo è stata condizionata dalle sostanze stupefacenti. Non saremmo la civiltà che siamo. Ti puoi opporre quanto vuoi, ma questa è la storia.

Bevevo un po' d'acqua e riattaccavo:

– Dal loto omerico, al vino bacchico, alla canapa indiana, il peyote messicano, la coca incaica, ma guardi, basta pure meno: le trance indotte da mantra o danze o respirazione e meditazione, o il deserto per Gesù, la cella per san Giovanni della Croce, o ancora meno, i digiuni, le veglie.

E via con il gran finale.

– E non è solo una questione umana... ma lei lo sa che i delfini usano come sostanza psicotropa il dorso del pesce palla e se lo passano fra loro come fosse una canna per stonarsi?

Torno al SERT anche una terza volta e mi fanno trovare un altro psichiatra ancora. E riparto con tutta la solfa. Perfino i miei amici della guardia pretoriana non ne potevano più.

Vado da mia madre che ancora non dormiva per l'agitazione e le dico: senti, andando al SERT ho proprio capito che sono lucido, che sto veramente bene, magari sei tu che non stai proprio a posto, se pensi sia necessario vacci.

E in effetti poteva pure essere, povera mamma, rosa dall'ansia a causa delle nottate insonni che le facevo passare.

In ogni caso, loro del SERT la diagnosi l'avevano già fatta, e mi avevano scritto una roba tipo che dovevo prendere tot gocce di Serenase e altro tot di non so cos'altro. Secondo me era una sorta di modulo prestampato per tutti i casi che non capivano bene.

Che poi, più si va in là nel tempo e più sono.

Perché la depressione (quel macroinsieme in cui fanno rientrare ormai un po' tutto) la sanno curare, ma non sanno cos'è.

(C'hanno vari bomboni che usano tipo il napalm per ammazzare i vietcong, e sì i vietcong li hai fatti fuori, ma siamo sicuri che tutto il villaggio intorno si è salvato?)

Insomma, vagano persi nella nebbia e sono loro stessi psichiatri ad ammetterlo – l'ho letto su libri scritti da cervelloni della materia tipo Ehrenberg.

Comunque alla fine di quella roba non ne ho presa una goccia.

Ho fatto finta una volta insieme a mio padre, eravamo a una sagra o festa dell'Unità, mia madre aveva ottenuto che si uscisse tutti e tre insieme – cosa che non si fa mai – e io e mio padre all'ora segnata nella ricetta si andò in un bagno chimico per prendere i farmaci (tra l'altro c'era un puzzo di piscio così rivoltante che me lo ricordo oggi a distanza di quindici anni).

Appena entrati gli dissi a bassa voce, serissimo:

– Daddy, mi sa che mamma è pazza.

E lui:

– Ma no...

E io:

– Invece sì.

– Ma ti dico di no.

– Ti dico di sì, ma non la vedi quanto è agitata, ansiosa, contraddittoria, nevrotica?

E lui rattristato mi fece:

– Non dire così ti prego.

E lì allora mi sono bloccato: perché il "ti prego" è una formula totalmente estranea al linguaggio di mio padre. Qualcosa non tornava. Forse stava soffrendo, non lo mostrava ma stava davvero male a vedere me e mia madre così, i suoi due unici affetti in una crisi profonda e forse irrecuperabile. E quando qualcuno a cui voglio bene sta male preferisco stare male io al suo posto e quindi gli ho detto, no, infatti mamma è ok, tranquillo, ora prendo il farmaco.

E sempre lì dentro il cesso chimico ho aperto la boccetta e ho buttato giù qualche goccia. E però già dal sapore non ero convinto, mi è scappato un:

– Ma cos'è questa robaccia chimica?

E mio padre, figurati, è sempre stato super cauto con qualsiasi tipo di medicina, pensa te con gli psicofarmaci.

Così in questo bagno chimico – che imbarazzo per il mio povero daddy che mi doveva davvero voler bene per sopportare tutto questo – si fece finta di prendere le goccine ma si buttarono nel cesso chimico nel caso mia madre avesse controllato il livello di liquido nella boccetta.

Adesso, quindici anni dopo, sono arrivato nella sala d'attesa di psichiatria di mia spontanea volontà.

Non è servito a molto leggere analisi e disamine dei miei problemi passati e presenti. La resa di fronte al mio idealismo è avvenuta con grande ritardo ma è completa. Sono tornato bolso e gobbo, con gli occhi bassi. Quella testa alta davanti al mondo, quello sguardo di sfida, quel caracollare che era danza con l'umanità e la follia si sono tramutati nell'alien che mi si nasconde dentro il cervello sotto assedio, il mio cazzetto rintanato nella conchiglia dell'inizio di una depressione inesorabile.

Mia mamma mi accompagna di nuovo, non ho avuto nemmeno l'intelligenza o la voglia di fermarla. Lei conosce questa ragazza che ha tre lauree. In America le avevano offerto un posto ad Harvard. Ad-Har-vard!

Vedrai se non è bravissima.

Provo a chiamare Ottavia che è dovuta rimanere a Roma e quindi non mi può aiutare, ma mentre provo a parlarle mia madre continua a urlarmi di non so quali altri asset che ha accumulato questa bravissima ragazza laureata nella Ivy League degli States. Mi sono già pentito prima di uscire di casa. La sua ansia insuperabile dà il meglio in queste situazioni. Urla da una stanza all'altra che è in ritardo, che è colpa mia o di mio padre. In questo caso, come spesso fa, parla al plurale: è colpa vostra!

Siamo in piena crisi isterica. Non ai livelli dei pianti e delle urla ogni volta che partivamo per Natale per andare a Matera, ma adesso ho paradossalmente meno difese di quando ero bambino contro le sue urla perentorie: Close the doooooor! Where did you put my keeeeys!? con quel tono di saccenza, quello scaricare la colpa e l'ansia sugli altri che mi vanno a punzecchiare qualche radice profonda: è un nervo troppo infiammato che salta a ogni piccolo sfregamento. Figurati quando ci si mette d'impegno.

Mi fa così incazzare che le urlo che ho sbagliato a dirle di venire. Lei risponde di non urlare perché i vicini ci sentono – eccola sempre a preoccuparsi del giudizio degli altri, non del casino in cui siamo noi. Il problema è cosa sentono i vicini.

Basta, vado da solo. Ho deciso. La saluto.

Lei urla in risposta che oramai gliel'ha già detto alla psichiatra, che andava. Ecco di nuovo la cantilena:

– I alreday told heeeeer!

Santo dio, l'ammazzerei.

Esco comunque mentre urla something eeeeeeelse!

Prendo l'ascensore. Da dentro casa continuano le urla. Arrivo in strada e dove vado? Non so neanche l'indirizzo di questo benedetto studio di questa benedetta psichiatra.

Dove minchia vado?

Mi fermo davanti al portone. Non c'è altro da fare che aspettarla. Vuoi vedere che anche la mia è una pantomima come la sua, alla fin fine?

Per strada camminiamo come una madre e suo figlio matto. Lei con quel passo teso e nervoso: passetto passetto veloce veloce tac tac tac. Io con le falcate lunghe e molleggiate. Gobbo sotto gli sguardi di tutti i passanti. Ognuno che mi vede, che *ci* vede, sta guardando un potenziale matto bavoso, che scuote la testa ancora privo dei suoi medicamenti, e sua madre dietro che lo porta verso la cura.

Arriviamo in via Betti. Iniziamo a contare i numeri civici diciannove diciassette quindici finalmente tredici. E il tredici è la palazzetta anni Settanta dove c'era l'appartamento della mamma del Giomi.

Che poi a Pisa c'è sempre questo problema: ogni posto dove vai a fare qualcosa di significativo o di nuovo ci sei comunque già passato. C'hai vissuto un periodo dell'infanzia o adolescenza. È troppo piccola Pisa e ci sono andato via da quel tanto che basta per trasformare tutta la città in un'enorme scatola di madeleine.

Casa della nonna del Giomi.
Guarda te dove mi dovevo ritrovare.
Qui dove ho passato metà dei miei pomeriggi del liceo a giocare a Dungeons & Dragons. Anzi, adesso suonerebbe più metaforico dire ai giochi di ruolo, visto il ruolo con cui sono tornato.

Perché è stato con l'arrivo al liceo che è iniziata la mia prima depressione, durata circa un anno e mezzo – là ho avuto la prima sveglia: fai cacare Johnson, questo mondo non è fatto per te, sei inadatto e inadeguato, sei un perdente.
Ti puoi convincere di essere il più intelligente ma a) non è così e b) in questo mondo l'intelligenza o la creatività sono marginali, devi sprecare i tuoi migliori giorni, disciplinato e ottuso, a imparare a memoria date e nozioni.

Education is not the lighting of a fire, but the filling of a pail. Ecco come funziona qui.

E infatti prendevo tre a manetta, spesso quattro, raramente cinque, il cinque per dire era una sorta di avvenimento da stapparci gli spumanti. Prendevo dei voti talmente bassi, che avevo inventato un nuovo metodo di comunicazione che faceva leva sull'ansia di mia madre.

Arrivavo a casa e dicevo: mamma ho una brutta notizia. E lei: oddio cosa!? (la sua propensione meridionale alla tragicità le faceva pensare: è morto qualche caro amico, un autobus ha schiacciato Chiara mentre tornava in bici a casa) e allora la rassicuravo e le dicevo no tranqui, ho preso tre al compito di greco e il preside mi ha sospeso per un giorno.

E mia mamma: e perché ti ha sospeso!? No, scherzavo mamma ho preso solo tre al compito. Ah, vabbè, e che fa!?

E a quel punto mi giravo e le annunciavo:

– Mamma in realtà ho preso quattro!

E c'erano abbracci e risate di gioia e festeggiamenti.

Il primo anno, in quarta ginnasio, mi rimandarono a greco e latino (ho scoperto dopo che era stata mia madre a costringere la professoressa per darmi una lezione) e mi rovinarono le vacanze ma soprattutto il bilanciamento di un'autostima già precaria. E infatti dopo qualche mese avevo messo su un buzzo enorme quasi come quello di adesso, e avevo rotoli di grasso che contavo di quando in quando per monitorarne l'andamento – per me una novità assoluta, io che ero sempre stato secco come un chiodo.

Dopo questo trauma guardavo la televisione cinque sei ore fra pomeriggio e sera, mi sparavo anche quattro seghe al giorno perché ero imbranatissimo e paurosissimo con le donne, e soprattutto venivo a giocare tre volte alla settimana ai giochi di ruolo a casa della nonna del Giomi con il Giomi, Cisco, Nich e tutti gli altri.

E ogni notte prima di dormire pregavo di risvegliarmi su una prateria all'alba, i margini di un bosco di larici e abeti poco lontano, un rumore di zoccoli di cavalli che sopraggiungeva da destra.

E avrei visto i cavalieri con le armature di mithril, e gli scudi con lo stemma dei cavalieri di Rohan e mi sarebbero venuti a prendere, e avrei passato tre, quattro anni in un'avventura nella Terra di Mezzo e avrei imparato ad andare a cavallo, a usare la spada e l'arco ma soprattutto avrei imparato le due lingue che si usavano là che non erano il sindarin e il rohirric ma il latino e il greco e quindi quando mi sarei risvegliato anni dopo, nel mondo reale fino ad allora in fermo pausa, avrei preso dieci a tutti i compiti, senza sforzo e senza mai più studiare dieci minuti.

Invece la mattina mi alzavo ed ero sempre lì con il pesantissimo Rocci nello zaino e il greco non lo sapevo uguale a prima e quindi l'unica gioia rimaneva rifugiarsi, scappare in quel mondo di maghi e draghi nella casa della nonna del Giomi davanti alla quale sto adesso con mia madre che mi urla:

– Come on! Hurry uuuup!

E in fondo non c'è che da inchinarsi di fronte alla perfezione di questa ironia del destino: per sopravvivere alla mia depressione nel passaggio fra infanzia e adolescenza mi ero rifugiato nel metadone dei giochi di ruolo.

E adesso venivo a prenderne di altro tipo.

Almeno al tempo ero con i miei amici, adesso sono con mia madre che dice buonasera a tutti i pazienti che aspettano davanti alla porta della psichiatra. E ci sediamo sull'unico divanetto libero, con tutte le altre sedie disposte a semicerchio davanti a noi. Così bene in vista. Io e mia madre.

Ma non potevamo prendere un appuntamento per ultimi? Alla fine della sessione? Almeno per non essere messi di fronte a questa piccola giuria di altri psicotici come me.

In fondo guardandoci di sbieco con gli altri malati ognuno non può che guardare l'altro in un sorta di montaggio alla Kulesov dove l'esperimento prevedeva di associare allo stesso primo piano di un attore un cane rabbioso, poi una bella e sensuale ragazza, infine un dolce bambino. Ed ecco che quello stesso primo piano assumeva un'espressione diversa.

Adesso le nostre facce incorniciate nello studio di psichiatria in cui siamo ad aspettare creano lo stesso effetto: ogni nostro primo piano è il primo piano di un matto scocciato, ogni mangiarsi di unghia un sintomo di una qualche psicosi, ogni balletto nervoso di piede preludio di una crisi schizofrenica. Non è colpa loro e non è colpa mia, ma è così che ci guardiamo.

Finalmente si apre una delle porte dello studio e la tipa che ci chiama dentro è una ragazza giovane e carina. Stringe la mano a me e mia madre e ci fa accomodare davanti a lei. Forse vorrebbe solo fare le presentazioni ma mia mamma insiste che io spieghi cosa sta succedendo. E mentre inizio a parlare, a dirle della prima terribilità, del dolore alla testa che mi è venuto prima dell'orgasmo e insomma dell'inizio di tutta questa concatenazione di sfighe, capisco che sta soppesando parole e linguaggio del corpo. È il suo lavoro, d'altronde. E quindi inizio a diventare cosciente di me, di come sto parlando, di come mi muovo. Non riesco a essere più me stesso in questa fiammata di maledetta self awareness: se sto con le braccia incrociate so che quella lo leggerà come una barriera, se mi muovo troppo vorrà dire che sono agitato, se non mi muovo che sono depresso. Come cazzo devo stare? Mia madre intanto si agita ancora di più di me. Inizia ad aggiungere scampoli nel racconto. Sovrappone il suo punto di vista al mio. Modifica i fatti, dice che non mi so spiegare.

– Di' meglio, Roan. Lo scusi eh, ma è agitato.

– E certo che sono agitato se ci sei tu qui a rompermi i coglioni!

– Oddio, Roan, oddio!

Ma invece la psichiatra ci ferma. Dice che se devo iniziare a raccontare è meglio che mia mamma esca. Se vuole, parla anche con lei, ma dopo, da sola.

Quindi, con un po' meno ma comunque grande imbarazzo, riparto con il racconto dell'alien alla testa, il tentativo di rifare l'amore, di riavere un orgasmo (risparmio i dettagli della sega scientifica e altro) e del primo attacco di panico nella risonanza magnetica.

E lei a questo punto scuote la testa.

– Io non te l'avrei fatta fare, la risonanza. O almeno avrei proposto una risonanza aperta.

La guardo un secondo, sorpreso.

– Ma io non avevo mai sofferto di claustrofobia...

– Ho capito, ma quel mal di testa doveva essere già un segnale.

– Perché, secondo lei era psicologico?

– Dove ce l'hai avuto questo dolore?

– Qui.

Mi tocco la base della nuca.

– Be', sai, là risiede uno dei punti del sistema nervoso centrale... tutte le tensioni si accumulano lì.

La tipa è l'opposto di quello che mi sarei aspettato. Questi bastardi psichiatri che ti legano al letto e ti danno le loro pozioncine per tenerti mansueto o in ordine con la produttività sociale.

Invece niente, questo tranello di una ragazza carina giovane intelligente anche ironica non me l'aspettavo.

Inizio a pentirmi di essere venuto vestito con il maglione cernierato. Di essere arrivato con mia madre. Mi pento di essere così fuori forma. Di essere un relitto umano. Di essere al di qua di questa scrivania.

Che tra l'altro è una scrivania trasparente. Non sarà un caso che ha scelto una scrivania fatta in plexiglass. Ha perfino avuto l'accortezza di togliere una barriera, uno scoglio. Sotto, fra di noi, non ci sono segreti. Tutto è limpido.

Mi chiede se ho avuto altri episodi psicotici, di depressione. E allora sorridendo le accenno del periodo quando venivo in questo palazzo a giocare ai giochi di ruolo, e poi al grande smatto.

Una vita storta insomma, come la metti la metti.

Ma non esistono vite diritte, mi dice lei.

E non è consolatoria mentre lo dice, sia chiaro. Non è giudicante. Sta parlando di lei. Mi sta dicendo che anche la sua vita non è diritta.

E questo fa crollare l'ultima barriera: mi sto convincendo. Mi sto affidando. E affidarsi vuol dire mettersi nelle sue mani e prendere quello che devo prendere.

Sarà quindi l'impotenza e la disperazione della mia situazione che mi farà superare l'idea che la sostanza psicoattiva sia scoperta, esplorazione, di sé e del mondo, mentre lo psicofarmaco, creato dall'uomo per l'uomo, testato e sperimentato e modificato ad hoc, ha un solo scopo che è la normalizzazione, rendere la realtà meno straordinaria di quello che è?

Anche se fosse, sarebbe un superamento per bandiera bianca. Per sconfitta acclarata. Non per convinzione, ma per sopravvivenza.

La donna con il camice bianco mi dice: tu rischi di avere dei picchi di euforia e dei picchi di depressione quindi dobbiamo trovare dei farmaci per normalizzare questi sbalzi e avere una sorta di encefalogramma medio delle emozioni.

Me lo dice più dolcemente di così, ma è quello il significato.

E io avrei voluto risponderle a mia volta dolcemente: mi scusi ma io ci lavoro con questi sbalzi, queste montagne russe mi fanno anche stare di merda a volte, ma sono proprio quelle a farmi scrivere e raccontare, se me li togli poi che faccio?

Sono quelli che mi fanno essere me, che mi fanno divertire, esaltare, che mi hanno fatto andare fino a Padova a fare l'amore con Giada Salani.

Questo vorrei dire alla donna vestita col camice bianco: per quanto mi stia simpatica e per quanto possa avere ragione lei, la medicalizzazione perpetua dell'anima mi fa paura. Vorrei dirle che sostituire la guarigione con un benessere artificiale, ripudiare la sofferenza come aspetto inutile, diventare psicodopati e quindi non distinguere più una tristezza generica da un disturbo reale, un disturbo reale dal disturbato, la personalità specifica e di estro, non affrontare più le contraddizioni, che dovrebbero essere digerite e rielaborate in modo che si facciano discorso e narrazione, che portino a un altro stadio di consapevolezza, non è comunque un riscatto sufficiente per uscire dalla sensazione di vuoto che mi spinge ogni giorno più in basso.

Ma la ragazza lo sa cosa mi passa nella testa. Anche se non gliel'ho detto ribatte ai miei pensieri. Mi spiega come funziona la dopamina, la serotonina, mi racconta come interagiscono nel cervello. Quale ingrediente chimico manca adesso al mio cervello zoppicante.

Ne capisce e mi parla come da malato a malato, da drogato a drogato. Anche lei deve essere nei guai. Ma ne è consapevole. Anche lei si deve essere drogata. Questa affinità vera o supposta è la stretta di mano che sancisce il patto. Mi dice che lei farebbe così: Xanax per le emergenze, e una cura con il Daparox a salire, così dovrei tornare piano piano a stare meglio, ad alzarmi dal letto con la voglia di fare qualcosa, di volermi bene.

– Effetti collaterali?

Chiedo.
– Soggettivi.
Risponde.
Magari mal di pancia all'inizio, probabilmente calo della libido... non ti verrà di fare all'amore, alcuni fanno l'amore ma non raggiungono mai l'orgasmo. Tanto in questo momento...
In effetti.
Ridiamo alla battuta.
Quasi flirtiamo.

– Facciamo un tentativo. Poi vediamo come va, magari è solo un periodo.

Io annuisco, e dico:
– Be' certo, un periodo... magari facciamo una prova.

Ma sto mentendo a lei e a me stesso: io lo so che la mia debolezza per le dipendenze è estrema. La compulsione a farmi e rifarmi (di videogiochi, sostanze, facebook) è fortissima.

Cedere adesso a una sirena del genere è la via più facile e vuol dire non tornare più indietro. Diventa troppo semplice non occuparsi dei propri problemi in maniera articolata.

E per quanto la psichiatra sia brava e intelligente, per quanto con altri pazienti magari non lo sarebbe, per me, per la mia storia personale, è una resa che ci possiamo raccontare come migliore di qualsiasi tentativo di lotta, ma è comunque un'abdicazione alla mia autonomia. Forse sono il Giappone dopo le due bombe atomiche. C'erano giapponesi che volevano organizzare un colpo di Stato per continuare la guerra e non rinunciare alla propria sovranità.
O forse per non subire lo smacco della sconfitta? Forse anche la mia è una questione di orgoglio e ideologia?

Forse.

Speriamo?

Sta di fatto che alla fine del primo round esco dalla sua stanza con la ricetta che mi ha fatto.

Mia madre scatta appena apro la porta. Si fa strada per andare a ringraziare, parlare con la psichiatra. Non risparmiandomi nemmeno questo tipo di imbarazzo davanti agli altri pazienti che aspettano.

Torniamo a casa passando dall'altra forca della farmacia. Ora ci sarà anche l'imbarazzo di chiedere le pasticchine alla farmacista. In questo caso è ovvio che ci sia una donna dietro al bancone per aumentare il disagio. Lo vedo dalla vetrata. Prima l'unico imbarazzo provato in questi casi era quando andavo a comprare i preservativi. E mi volevo pure lamentare.

Faccio entrare mia mamma a comprare il Daparox e lo Xanax. Almeno è servito a qualcosa portarmela dietro. Intanto io, mentre aspetto fuori, chiamo di nuovo Ottavia e le racconto. Poi arrivo a casa, mi chiudo in stanza e prendo la mia prima mezza bombona per stare su di morale.

Tanto per i primi dieci quindici giorni non dovrebbe succedere nulla. Mi ha spiegato la psichiatra che non è come lo Xanax che agisce immediatamente – dovessi trovarmi fermo nel traffico, in galleria, su un treno bloccato o in qualsiasi altro momento da attacco di panico, quello dovrei prendere. Mentre questo Daparox deve carburare, deve riempire il corpo di questa roba chimica e poi strabordare come un liquido che raggiunge la massa tale per invadere l'altra bacinella che poi sarebbe il cervello e il sistema nervoso.

Il me giovane del grande smatto mi guarderebbe neanche con rassegnazione (gli importerebbe una sega a lui) ma con una sorta di superiorità quasi indifferente: mi spiace fratello, eh. Vogliti bene.

Prendo la prima mezza pasticca e inizio a pensare che mi partirà un effetto placebo (che con il mio grado di autosuggestione sarà più grande dell'effetto chimico reale) e mi inizierò a sentire bene e meglio e alla grande. Ecco forse la salvezza. Come fregare lo psicofarmaco: agire prima di lui, convincendosi che sia lui.

Invece appena preso il bombone mi viene la paranoia che possa andare a stuzzicare il dolore alla nuca, la vipera rannicchiata nel cervello, scatenarla, fare un effetto chimico come quando metti le Mentos dentro la Coca-Cola ed esplode tutto.

Aspetta un attimo: in effetti mica che farà una reazione chimica anche questa malattia che ho? Mica che il dolore tornerà più forte, finale e infinito finché morte non ci separi? Mica che la ragazza psichiatra si è sbagliata, ha sottovalutato, ha approssimato, e tutto questo guaio è davvero un tumore rannicchiato e la depressione è solo una conseguenza dell'aver capito il brutto male che mi è venuto? Mica che me l'ha fatta fare alla fine la risonanza, fosse pure aperta. Mica che vuole riportare ogni male e problema alla sua laurea specialistica, mica che il suo continuamente vedere e frequentare psicotici la fa girare a vuoto in un loop di problemi mentali quando invece qui si tratta di portarmi in sala operatoria a esportarmi una noce marcia dal cervello e poi sperare che le metastasi non ripartano dopo un paio di mesi?

Perché non sono rimasto dentro quella minchia di risonanza magnetica? Adesso che senso ha andare a prendersi quel cazzo di risultato sbilenco senza nessuna vera informazione? Allora meglio non voler sapere nula, potersi illudere che sto bene.

Ma che ne so: mi stendo a letto. Aspetto mezz'ora. Un'ora. Due ore. Non muoio. Non mi sento male. Neanche bene, eh. Ma insomma non succede fondamentalmente nulla.

Quando torno dalla donna vestita di bianco, lei mi dice che me lo aveva anticipato: non c'è da aspettarsi altro prima di un paio di settimane.

Mi chiede se mi è venuto mal di pancia, mal di fegato.

Macché. Nulla.

Sto piatto nelle mie emozioni. Anche l'ansia resta stabile, a parte quando sono ricorso allo Xanax una volta che ero intasato nel tunnel della tangenziale est a Roma. Per il resto sono pronto a rientrare placido in questo vago spleen per la vita, una sensazione solitaria e finale di what's past is no prologue anymore.

Ma la psichiatra mi dice che non devo avere fretta, che tutto arriverà a tempo debito. Mi scrive altri geroglifici su un pezzo di carta e poi però, prima che vada via, mi chiede distratta:

– Ma tua mamma la segue qualcuno?

Di primo acchito penso a qualche malintenzionato che la pedina.

– No, è che l'ho vista un po' agitata, un po' su di giri... Quindi mi chiedevo se fosse in cura.

– No. Cioè, che io sappia no.

Fa una piccola pausa, probabilmente per puntellarmi il dubbio bene bene nel cranio.

– Ma tu come ti trovi? È una presenza che ti agita molto?

– Be', abbastanza diciamo. Però sai, ormai torno a Pisa ogni tanto.

– Certo. Però pensaci, eh.

– Ok, grazie.

Grazie un cazzo. Ora pure con questo dubbio, questa ombra sul mio passato di questa madre esuberante sì, narcisista sì, ma anche mezza matta. E allora che sia nascosto lì l'inizio di tutti i problemi? Forse che bisogna andare a cercare perfino prima del grande smatto?

Pure questa mi mancava.

Adesso quando parlo con mia madre mi sembra di vedere tutti quei lati che mi erano sfuggiti fino a ora. Ti ricordi quando durante il grande smatto avevi detto a tuo padre che era pazza? Forse non era un'allucinazione. Forse finalmente l'avevi vista per quello che era. Non tua madre. Cioè, anche tua madre. Ma una persona anche lei in difficoltà, disturbata, l'avevi riconosciuta come un tuo simile solo perché il disturbo ti aveva fatto fare un passo fuori da te stesso, o meglio, lei aveva fatto da specchio alle tue psicosi.

E allora se è stato quel latte materno corretto al liquore della follia, se mentre puppavo quella micropunta di errore nell'equazione dello sviluppo della mia personalità è andato tutto a puttane, adesso che fare? Se adesso che se ne tirano le prime conclusioni si scopre che per quel primo errore, quel virgola qualcosa di sbaglio, si sono corrotti tutti i calcoli ed equilibri, come uscirne, come raddrizzare tutta questa equazione ormai totalmente sbagliata?

E se dobbiamo fare questo percorso di ritorno alla radice di tutto, prima del grande smatto, prima dell'adolescenza e dell'infanzia, non è che (ora che ci ripenso) il casino nella testa mi è iniziato a crescere dal mio ottavo giorno di vita?

Perché, dimessi dal Middlesex Hospital di Londra, io e mia mamma, tornati nella casa di mia nonna mezza inglese mezza tedesca mezza ebrea mezza anglicana mezza fissata con la pulizia, scoprimmo la sorpresina che ci aspettava.

Prima dell'operazione my granny Yvonne Berk Johnson mi diede da bere qualche goccia di sherry. Non si mai è capito se in quanto simbologia biblica – la cosa più simile al vino rosso che avesse a casa – ma più probabilmente perché pensava che un goccio di sherry per un neonato fosse come qualche milligrammo di morfina (o di un altro anestetico) per un adulto.

Il rabbino capo di Londra (caro amico di bevute di mia nonna) arrivò dopo questa leggendaria goccia di sherry, mia madre non poteva fermarli, mio padre era fuori casa a un reading poetico (la sua prima grande mancanza e colpa rispetto a lei e a suo figlio, la prima crepa nella coppia che col tempo si sarebbe allargata sempre più) e quindi quell'uomo vestito di nero e col barbone tagliò.

Mia madre non se la sentì di assistere (almeno fosse stato un medico! almeno con l'anestesia! almeno in un ospedale!) e, alla faccia del supposto effetto anestetico dello sherry, sentì solo arrivare dall'altra stanza un grido fortissimo e straziante.

Scoppiò a piangere, da sola, nel salotto di quella casa borghese ed estranea.

Da quella volta io invece ho sempre pianto pochissimo. Forse per quell'inizio – e si sa quanto conti l'inizio – sono sempre stato un bambino zitto e buono. Dormivo otto o nove ore filate, se mi svegliavo prima restavo in camera mia. Se mi dicevano fai questo lo facevo, non andare là non andavo là.

Mia cugina di Matera, quando si venne a sapere che nella tarda adolescenza ero diventato ribelle e drogato, disse:

– Ci credo. Da bambino al confronto Gesù era un terrorista.

Durante il grande smatto mi convinsi che la forza per affrontare quella castrazione mi fosse stata donata dall'alcol e che quell'episodio quindi fosse stato in qualche modo la stipula di un contratto per un debito di riconoscenza che ho dovuto pagare fino ai trent'anni; ed è per questo che con le donne mi sono sempre dovuto sbloccare con delle grandi sbronze e che, senza la ripetizione di quel rituale, il passaggio sarebbe stato insopportabile: bere per trovare la forza per superare la timidezza, il coraggio per affrontare la paura del rifiuto, l'anestesia per attutire la mia ipersensibilità.

Provai a recuperare la memoria di quegli istanti, ripensare a quella casa, provai a ricreare quel momento, riviverlo come un film che ricostruivo a forza di tasselli, cercai di immaginarmi come il mio cervello di bambino di appena otto giorni, per cui tutto era amplificato e nuovo, rumori, luci, odori... poteva assorbire un dito di sherry. E come avevo visto, un attimo dopo quella botta di calore, stordimento, euforia, anestesia, un uomo vestito di nero, con un bisturi in mano per me grande come un coltello per sgozzare gli agnelli, somministrarmi il dolore più crudele, proprio là a quel coso che, per un istinto ereditato da generazioni di homo sapiens sapiens, e sapiens e basta, e neanderthal e ancora prima mammifero e forse pure oviparo, intuisco essere strumento fondamentale per fare la più fondamentale azione per la prosecuzione della specie.

Sarà stato quell'episodio o altri che non ricordo e che non mi hanno raccontato. Ma insomma avrò costruito questa rete di chip e comandi, che non sono allora nel software della mia mente ma nell'hardware, e l'hardware caro mio non si può cambiare – quello mi trovo e quello mi tengo. Non si può fare un trapianto di cervello, non si può tornare indietro di trentotto anni e ripartire, non si può ripassare da quell'infanzia piena di magagne e fili annodati, dalla depressione della prima adolescenza, da quel casino del grande smatto. E allora come uscirne? Posso controllare, smussare qualche spigolo, fare di poggi e buche pari, ma di sicuro non cambiare la scheda madre.

E allora la paranoia di questo destino impossibile da deviare mi assale, l'ombra di essere ammalato per sempre e irrimediabilmente mi fa chiudere ancora di più a riccio.

E quindi mi barrico in casa, mi attacco alle goccine dell'emergenza, prendo con costanza la pasticcona del Daparox, sperando che faccia effetto prima del previsto, il pomeriggio mi metto a letto come un malato. Mangio riso in bianco, mele e banane, magari almeno salvo l'apparato digerente, lo stomaco e il fegato. Quello che necessita. Sono tentato di richiamare la mia psichiatra e dirle: dammi una droga più immediata, più pesante, normalizzatrice, performativa, come ti pare. Mi drogherò come dite voi. Di più. Sempre di più. Ormai sono vostro, prendetemi prigioniero, la bandiera bianca sventola sul tetto di casa mia. Fate veloci, però. Fatelo efficace. Che c'è dentro, la morfina? Il Serenase, il Prozac, cosa devo prendere? Me lo bevo il sabato sera per festeggiare, mi ci ingozzo e ci faccio i gargarismi, me lo butto in vena, me lo tiro su per il culo con una supposta.

E invece come stavo durante il grande smatto?

Ahahahah.

Così stavo.

A ridere in faccia a quegli psichiatri e a quelle convenzioni. A quei normalizzatori maledetti con tutte le loro ragioni sensate.

Come non capivo niente quindici anni fa.

E che grande rivincita si erano presi. O per essere più precisi: che grandissima presa per il culo.

Là giovane, disperato, incosciente e pazzo, anziché prendere i loro medicamenti che risolvono ogni tipo di male, convinsi i miei amici a controllarmi le pupille per essere sicuro che non mi avessero drogato a tradimento, a metterci in macchina da un giorno all'altro e ad accompagnarmi a Padova, dove avevo vissuto il mio periodo di fervore rivoluzionario. Non so nemmeno da dove arrivò l'associazione di idee. So che quel grande caos mi guidava.

Dopo quattro ore di autostrada attraversammo il centro sgombro di macchine e persone: c'era solo qualche turista che pascolava verso la basilica di Sant'Antonio e piazza dei Signori.

Arrivammo nell'immediata periferia e raggiungemmo la strada di quella che era stata la mia casa.

E la strada era deserta. Le serrande della casa chiuse. Perfino le macchine che di solito ingombravano i lati delle due carreggiate erano sparite, probabilmente parcheggiate su qualche lungomare dell'Adriatico.

E mentre camminavo verso il cancelletto di ferro davanti al giardino della casa iniziai a pensarci meglio: in effetti era un sabato di fine luglio, poteva anche non esserci anima viva. Suonai. Il citofono era muto, la porta non si apriva.
Magari avevo portato i miei amici su per duecentonovanta chilometri per suonare a un campanello a cui nessuno avrebbe risposto.

Scrutavo i balconi e le tapparelle nella speranza di un segno di vita. Stavo quasi per iniziare a scusarmi quando sentii dei passi sulle scale e la porta aprirsi.

E, alla faccia delle loro cure psicofarmacologiche, ad aprire quella porta c'era Giada Salani.

Di nuovo il destino mi premiava, e puntava la sua grande freccia luminosa sul sorriso morbido di quella ragazza. Chi è più vicino a Dio adesso, teste di cazzo? Chi è più felice?
Di nuovo la sincronicità e la coscienza del mondo mi stavano parlando, pensai addirittura che mi avesse chiamato lei, che lei avesse fatto una interurbana telepatica, o che nella mia mente si fosse acceso quel sensore magnetico che respingeva e attraeva gli umani più recettivi. E in questo caso mi avesse portato fino a lei.

Giada Salani non solo era bella di una particolare bellezza, ma era anche intelligente, sensibile, mi era sempre piaciuta, ma quel piacere era stato soffocato dalla paura che mi accompagnava ovunque ci fosse una donna e così, guidato e frenato da quell'attrazione e timore, ci eravamo baciati una sola volta, in un momento sospeso e imprevisto.

Un bacio bellissimo che mi ricordo immerso in una luce gialla che usciva dalla porta socchiusa del bagno e tagliava il corridoio, e mentre io camminavo verso la mia camera in fondo lei era spuntata da quella porta con un movimento sincronico quasi recitato, provato cento volte da due ballerini che finalmente lo mettono in scena, incrociandosi nel corridoio, io che stavo andando alla mia camera di là e lei dalla parte opposta, in quel mentre, vai a sapere perché. Ci eravamo baciati, d'istinto, a lungo, uno di quei baci che non hanno preamboli, che non sono attesi o chiamati o costruiti, che vai prima a cena poi a bere una birra e parli e parli e ti avvicini e poi sfiori le mani e allora lei pensa ora ci deve provare, e tu pensi ora mi sta dicendo che ci siamo quasi, mi sta dicendo vai ora vai, e poi la baci.

No, era nato dal nulla quel bacio, come un incontro fra due persone che stanno andando in due direzioni diverse.

Come un incontro nell'hotel di un aeroporto prima di ripartire per due angoli opposti del mondo.

Quel bacio lungo sulla bocca mentre il flusso la portava sulla destra verso la stanza dove l'aspettava il suo ragazzo del tempo, e me verso la sinistra verso la mia stanza dove mi aspettava la rivolta in fabbrica e in quartiere, e nel ricordo mi si è formata una sorta di immagine a cartone animato tipo *Lady Oscar* quando i momenti importanti sono in fermo immagine con un suono tipo kabaaaam! E la luce gialla e riverberante che esplode dietro i due personaggi.

Ecco: quando l'ho vista là sulla soglia della casa da sola, con una camicia di lino aperta sulle onde dei suoi seni, con i capelli mossi che le cadevano sulle spalle, ho capito che mi aspettava da mesi là dentro, aspettava me e questo appuntamento telepatico.

Si bevve un caffè, ci si salutò. E poi, probabilmente mentre ero in bagno o a riguardare la mia vecchia camera, i miei amici le spiegarono che ero in mezzo al grande smatto – ma pensate che stima, che tolleranza, che capacità di giudizio, quei ragazzi e lei.

Non ricordo se erano preoccupati o divertiti o tutte e due le cose, quello che ricordo è che quella notte dormimmo assieme. Nella mia memoria la scena si svolge con il sole che filtra dalle tende, quindi o era mattina presto, quando l'alba faceva già capolino, o forse era un pisolino di pomeriggio dopo pranzo, boh. Sta di fatto che eravamo di fianco, io nel sacco a pelo, lei nel suo letto e, prima di addormentarci, le chiesi:

– Ti va di giocare?

E scivolammo insieme l'uno sull'altra nel mezzo del caldo afoso e ci trovammo nudi come anguille e sgusciavamo l'uno sull'altra oleosi di quel lubrificante che è la naturalezza, l'impossibilità di essere altro che due mammiferi che si accoppiano, e si fece l'amore più dolce della mia vita e il suo sesso era una susina matura, era morbido e accogliente, e il mio pisello entrava piano, dolce, io che di solito dovevo fare l'amore con una fame di conquista, là finalmente ero docile come un agnello, lieve come la risacca del mare.

E lei a un certo punto mi fece:

– E ora a che stiamo giocando?

E io ripetei:

– A cosa stiamo giocando?

E lei mi disse:

– Spero non a babbo e mamma.

E allora me ne uscii, e ci si fermò così, come alla fine di una bella frase i puntini di sospensione.

Il giorno dopo si mangiò una pasta arrangiata alla bene e meglio, si bevve del vino, si cantò e si fumò.

A sera, la salutai con il mio "vogliti bene", e ce ne tornammo a Pisa. Portandomi via quel ricordo e una polo bianca del mio amico Max.

Mi dissi: il giorno che rivedrò Ilaria avrò questa polo bianca come la luce della purezza, e sarà il giorno del nostro matrimonio.

Una forza segreta mi guidava, i miei amici mi volevano bene, ero in uno stato di euforia senza droghe, beccavo, no anzi, trombavo, avevo fregato il SERT, nello zaino che portavo sulle spalle avevo il passaporto inglese, una bottiglia d'acqua e il contratto di mia nonna, gli apostoli sparsi per i festival e i campeggi dei drogati urlavano al cielo il suo nome, il mondo mi accoglieva con le sue magnifiche spirali, un mondo che non poteva che andare meglio – Mani Pulite aveva spazzato via una politica corrotta e asservita all'America, i nuovi avvoltoi non sarebbero durati che un paio di anni (un rigurgito fisiologico di quel sistema che andava morendo), il blocco sovietico era crollato, a breve la dismissione degli eserciti, reali e ideologici, avrebbe fatto diventare le guerre un ricordo del passato, le trincee e i muri del capitalismo sfrenato, dell'ottusità religiosa che erano serviti per arginare la dittatura russa sarebbero crollati e saremmo vissuti in un mondo più libero, aperto, giusto, un mondo di fratellanza.

E io mi sarei rimesso insieme a Ilaria.

Per festeggiare si andò alla conca per tre giorni, quel buco in mezzo ai monti dietro Lucca, una sorta di anfiteatro naturale dove in passato avranno fatto cerimonie pagane e sacrifici agli dèi, e si accesero falò, ci si buttò nei sentieri di foglie e terriccio, si imparò a cadere, a rotolarsi nella terra, ad abbarbicarsi agli alberi, ci si sedette in meditazione in un piccolo cimitero di campagna, ci si abbracciò e si pianse ognuno i suoi morti, e poi ci si prese per il culo, ci si baciò fra uomini e donne ma anche fra uomini e uomini e donne e donne, si guardò l'infinità delle stelle, e sul finire di quella scheggia di vita dormii nel mezzo della cava ma non proprio nel mezzo preciso, ma all'incirca, spostato di un passo di lato, di quell'anticchia che toglie immobilità alla simmetria come il sorriso equilibrato ma sghembo della Monnalisa, come nel polittico del Baroncelli di Giotto: cinquanta santi e dieci angeli tutti rivolti a destra e uno solo (come nascosto, impercettibile a prima vista, un effetto di solletico al cervello) rivolto a sinistra.

E proprio quella notte, mentre dormivo nel mezzo di quel cilindro scavato nella terra, con le pareti bianche e circondato da ulivi e corbezzoli, la bocca di un vulcano che aveva sputato sulla terra lava e sassi e ceneri e fuoco, tutto il necessario insomma per creare le prime cellule che si erano unite, nell'acqua, in quella brodaglia calda e piena di elementi chimici che diventeranno organismi minimi e poi alghe e batteri e virus e poi pesci e rettili e mammiferi e scimmie e ominidi che finalmente sfidarono la gravità e si alzarono in piedi, su due gambe, e si misero a camminare, in gruppo, un esodo per centinaia e migliaia di chilometri, alla scoperta del mondo, lasciando pezzi della tribù a insediarsi alle foci dei fiumi e altri, i più curiosi e inquieti, a invadere decennio dopo decennio, secolo dopo secolo, questa biglia blu persa nel nero infinito dell'universo e ogni giorno guardare il sole appoggiarsi stanco sulla linea del mare e poi tuffarcisi dentro, e poi pregarlo di risalire il giorno dopo e intanto continuare a camminare, lungo tutta l'Africa attraversando carestie sfuggendo a bestie e denti marci e nuovi cibi e bacche velenose che ti davano crampi allo stomaco e noci di cola che ti davano la forza di correre ancora e uccidere a mani nude lepri e fagiani, e continuare a camminare fino ad arrivare al mare, tenendoselo sempre là di fianco, sulla destra, l'oceano purificatore di germi e batteri, donatore di pesci e molluschi, e risalendo dalla culla dell'Africa avanzarono, nostri parenti, nostri nonni per linea diretta, con quella magia di acqua salata con cui ti potevi lavare il corpo e disinfettare la bocca e conservare il cibo, impararono a non avere paura della marea e delle onde ma capirono che era il respiro del mondo, del dio oceano che vegli su di noi amen, e una notte, verso sponde più mediorientali prima di invadere l'Asia, ha trovato un fungo rosso con i pallini bianchi, così bello e fascinoso, e lo ha mangiato e si è visto steso nel mezzo di una vecchia conca o di una buca di un meteorite, nel mezzo di una fornace di un vulcano spento, insomma in uno dei milioni di centri del mondo, ma non proprio al centro, ma all'incirca, giusto un metro spostato di lato, quella rottura della simmetria che si propaga, ricorsiva, in disequilibrio, crea l'errore, la sorpresa di capirsi piccoli dèi in un paradiso terrestre, che il nostro corpo era fatto di molecole come gli alberi attorno e l'erba, come i sassi in terra e il sale del mare, che è fatto di acqua e di atomi prodotti da altri soli, ma più grandi e più antichi ed esplosivi del nostro, creati miliardi di anni fa, all'origine del tempo quando la luce fu e fu il verbo, il verbo che recitò una poesia a rima alterna che fece sì che i crogiuoli di protoni ed elettroni creassero un significato nuovo, il calcio che abbiamo nelle ossa, il ferro che abbiamo nel sangue.

Siamo piccoli e immensi al tempo stesso, siamo energia, siamo connessi con tutto il resto, non c'è risposta perché non c'è domanda, siamo nulla nelle mani di Dio, siamo Dio e in mano abbiamo nulla. Il presente, ora, tutto, mio padre che dormiva a fianco dell'oceano verso le terre sconosciute e mio figlio su un'astronave verso altri mondi nello spazio infinito che si è formato un secondo dietro l'altro in miliardi di miliardi di secondi come questo e così via.

Questo è l'inizio, la fine e il cerchio che li unisce.

Cazzo, avevo capito.

Tutto era chiaro. Tutto era limpido come l'alba che si stava alzando in quel momento.

Ero sulla strada per arrivare al nirvana, se non ci ero già, se la cosa di cui essere felici non era la meta ma il viaggio.

A Pisa e provincia la leggenda diceva che c'ero rimasto, ma non in un bad trip come succedeva sempre, come il Gonzo che stava fermo in un angolo alle feste e se andavi a parlarci ti diceva solo: il-ma-re-è-cal-mo-il-cie-lo-è-blu, o Marianino che dopo essere stato zitto per due mesi si era buttato dalla torre di Caprona, o Roberto che si era impiccato alla porta di camera sua. No, la leggenda diceva che c'ero rimasto sì, ma in un good trip, veleggiavo su quel crinale dove la realtà schiuma mischiandosi con la magia.

(Una volta la mia amica Viola, impaurita e rattristata per la mia condizione, mentre io urlavo al cielo o qualcosa di simile, si mise a piangere da una parte, e il Ragno la prese per le spalle e le disse: perché piangi? Ma non lo vedi che lui sta bene? Non lo vedi che sta meglio di tutti noi?)

Come venirne fuori? Ma soprattutto, perché mai, quando finalmente il mondo mi si era schiuso davanti, e il percorso era senza pericoli? Non c'era più nulla da temere.

Fratello non temere io faccio il mio dovere. Tu balla.

Solo un pazzo sarebbe voluto uscire da questa pazzia.

Ma successe. Presi tre colpi in sequenza ravvicinata: una paura, una paranoia e una disillusione.

La paura arrivò sull'autostrada A30, appena prima dell'uscita Caserta Sud.

Ero in macchina di ritorno dall'Ampollino, un festival simile a Pistoia Blues.

Avevo passato cinque, sei giorni là, sempre senza drogarmi, a parte qualche cannetta fumata per non rifiutare cortesie e generosità. Avevamo ballato, cantato, avevamo gridato Ilariooooooo!? dalle creste dei monti del Sud.

C'erano fonti di acqua limpida e pura di montagna, si fumava un'erba buonissima che ci vendevano a prezzi ridicoli, gruppi di musici si alternavano su un palchetto nel mezzo della struttura, il giorno noi suonavamo i djembè, mangiavamo, giocavamo, e io catechizzavo i ragazzi.

Finito l'Ampollino dovevo tornare a Pisa perché sapevo di aver finalmente ricevuto dei segnali telepatici che era arrivato il momento di rincontrare Ilaria.

Durante tutto questo tempo sapevo di essere in contatto mentale con lei e ogni tanto, per darle un colpo fortissimo di comunicazione, la pensavo intensamente nella sua stanza e lei provava a non rispondermi ma ne restava comunque scossa.

La stavo cuocendo a puntino con le mie onde cerebrali a distanza, e stava arrivando il momento in cui mi avrebbe chiamato.

Tardi la notte, quando anche i più accaniti di quei campeggiatori, tenuti in piedi dalle anfetamine dell'MDMA si accasciavano stremati, provavo a rintanarmi in tenda e chiudere gli occhi, ma la mente ancora andava troppo veloce, restavo in una sorta di dormiveglia dove, anziché sognare, viaggiavo con i pensieri.

Mi veniva in mente lei, me la vedevo nella sua camera, sul suo letto, al buio, il mio pensiero era come un serpente, un enorme pitone che si infilava nel suo letto, le cui spire erano la sua inquietudine, e l'insinuarmi nei suoi pensieri non la faceva più dormire, la penetravo con tutto me stesso e il ricordo di me non l'avrebbe lasciata in pace.

Mi connettevo con lei, le ricordavo le nostre serate clandestine, quando ci baciavamo nel pescheto in via delle Rose, quando mi aveva passato dalla finestra socchiusa della classe quel bigliettino che diceva "ricoperta di una lamina d'oro mi brulichi dentro", quando la chiamavo Maniche Verdi perché la sua maglia si era sporcata di erba dopo che avevamo fatto l'amore sull'argine dietro Uliveto.

Ecco come stavo tornando a Pisa: al galoppo sul mio cavallo bianco – come ogni principe azzurro che si rispetti –, la mia Uno Novecento Sting di terza mano, bianca per l'appunto, che avevamo battezzato con i miei amici "Rosa" (in onore di Rosa Luxemburg) e con cui avevo fatto Puglia-Grecia-Turchia fino in Cappadocia – e il ritorno in sei persone con i bagagli per quaranta giorni di vacanza.
E l'anno dopo aveva fatto Francia e Spagna a Pasqua, arrivando fino a Cordoba e passando da Andorra, per tornare in Italia in

una settimana. E ogni weekend si era fatta Pisa-Padova-Padova-Pisa per tutte le settimane, e una volta, sulla FI-PI-LI, c'ho fuso – nel senso letterale del termine – il motore. Carro attrezzi e tutto il resto.

E infine, appena un mese prima, al Pistoia Blues, era stata messa in mano al mio amico Tetano, ladro e drogato, che me l'aveva riportata dopo la terza visita al SERT, lui stesso sbalordito di non averla rivenduta ai suoi amici ricettatori.

Ma alla sua leggenda si era aggiunta un'ultima chicca: quell'estate avevo rincontrato al Macchia Nera il Govoni. Un tizio che aveva fatto con me parte della prima media. Poi si era trasferito a metà anno in un'altra scuola in via Norvegia, che era un po' un postaccio.

E un giorno me lo ritrovo al Macchia Nera. E uno che non era politicizzato e che veniva da via Norvegia ci potevi mettere la mano sul fuoco su cosa ci faceva al Macchia: veniva a prenderci la roba.

Mi disse che aveva appena iniziato a lavorare in un elettrauto. Montava gli impianti stereo nelle macchine. Cioè avrebbe dovuto, ma siccome era all'inizio non aveva clienti. Mi disse: se vuoi ti faccio un impianto clamoroso a un prezzo stracciato.

E io, ascoltando il mio cuore che speravo fosse dalla parte giusta, per farlo uscire dalla spirale disoccupazione-eroina-più disoccupazione-più eroina e via così, gli dissi: ok.

Quello dopo tre giorni tornò con la macchina equipaggiata di autoradio Bose, amplificatori da trenta watt alle portiere, e un subwoofer dietro che era una cassa di amplificatore da concerto stesa nella bauliera. Non c'entrava più nulla nel bagagliaio perché era tutto occupato dalla cassa, però quell'auto era diventata una bomba sonora.

E quel giorno, di ritorno dall'Ampollino, appena saliamo si mette su una cassetta compilation come usavano al tempo e partiamo verso Pisa, io, Viola, il Paguro e Jammin' Jammin', I wanna Jammin' with you.

Scendiamo i tornanti del monte e più scendiamo e più il vento che entra dal finestrino è un phon grande come la Salerno-Reggio Calabria.

Ma tutto procede per il meglio: dopo qualche ora il Paguro è in richiamo di qualche trip fatto la sera prima, Viola si è addormentata, i Casino Royale ci accompagnano soavi, il caldo torrido c'è ma presto arriverà il pomeriggio e poi sera e poi notte e la strada manco è troppo trafficata, insomma il peggio è passato.

E invece all'altezza di Caserta accade questa successione di eventi:

Il Paguro rinviene e decide di accendere un chilum per rendere il viaggio più confortevole. Il fumo invade l'abitacolo. Ma qualcosa non mi torna. Vabbè che il Paguro ha i polmoni allenati, ma mi sembra che ci sia una nebbia troppo densa in macchina. Allora mi sporgo in avanti e vedo che dal bocchettone dell'aerazione esce del fumo, un refolo, magari ho gli occhiali appannati, magari il caldo, le esalazioni del chilum.

Ma no.

Esce proprio del fumo bianco dalle ventole.

Sono a tavoletta. A centoventi. E sto sorpassando. Viola mi fa:
– Ma non è che...?

E a quel punto arriva la fumata seria: non più dal bocchettone ma dalla fessura del cofano a ridosso del vetro, una fumata densa e questa volta grigia, una nuvola che scorre sul parabrezza e non mi fa vedere più la strada davanti e allora d'istinto vado con il piede sul freno e il pedale va giù liscio come burro, senza attrito, nulla, va giù come se fosse la frizione e la macchina non frena neanche di un chilometro all'ora, è sparata a centoventi e devo accostare, ma sto sorpassando per l'appunto, allora metto la freccia ma anche la freccia non va, non va più un cazzo in questa macchina e urlo Paguro metti il braccio fuori che dobbiamo svoltare, ma quello è in botta da richiamino di chilum e si affaccia dal finestrino sì, ma sembra che debba vomitare, e intanto il fumo inizia a diventare nero e Viola da dietro urla merda Paguro merda!, quello si sbraccia e allora provo l'azzardo, metto la terza, sento il motore che fa un rumore terribile, mi spavento, rimetto la quarta e vedo la prima fiamma uscire dal cofano, riprovo a frenare ma zero, il pedale va giù come se fosse aria, l'altra macchina ci sorpassa sulla destra, io mi butto nella loro corsia e vedo il cartello di una stazione di servizio, stazione di servizio Caserta Est mentre adesso dal motore sbucano altre fiamme. Rischio il tutto per tutto e imbocco a novanta all'ora l'entrata della stazione di servizio dove persone sudaticce e stanche per il viaggio, e intere famiglie di ritorno dalle vacanze ferme a fare rifornimento girano gli occhi verso di noi, incredule, e vedono una Uno bianca con fiamme e fumo dal cofano lanciata verso le pompe di benzina. Una palla di fuoco sparata nella stazione di servizio, rimetto la terza e di nuovo *vraaaan* sperando non esploda il motore e il Paguro affacciato al finestrino che smanaccia e urla scansatevi maremmamaiala scansatevi! Ma questi rimangono impietriti a guardare noi che passiamo in fiamme lanciati a bomba contro l'ingiustizia, e a quel punto metto la seconda e poi vado di freno a mano (unico vero difetto di quella gran macchina che era la Uno) e via uno due tre volte, tipo pompa per tirare su l'acqua di un pozzo, e quattro e cinque e finalmente ci fermiamo...

... davanti alla pompa del GPL.

Usciamo fuori dall'abitacolo e vediamo un benzinaio che urla:
– Nooooooooooo!
E intanto se ne affaccia un altro:
– Via dal GPL! Via subitoooo!

Ma mica che vengono ad aiutarci. Restano fermi là come tutti i clienti immobili attorno, e io che urlo ma che cazzo, muovetevi! e non lo so perché, se in generale la situazione, l'arrivo la macchina in fiamme come una bomba o forse che smoccolavo con le bestemmie più crude o se invece semplicemente vedersi arrivare una macchina molotov che si ferma davanti alla pompa del GPL è una sorta di shock emotivo che li bloccava dall'aiutarci e forse che Viola avesse appunto i capelli viola, il Paguro una sorta di cresta a mohicano con i dread che gli arrivavano al culo e io degli occhiali da sole con la montatura d'acciaio e le lenti blu elettrico, ma insomma restano fermi come sotto incantesimo, immobili, e meno male che il Paguro, forse tornato lucido dopo lo shock del fuoco, ha preso a spingere la macchina lontano dalla pompa e io con lui, dando fondo a tutta l'adrenalina e riserva di energia rimasta, mentre continuo a urlare a quelle teste di cazzo ma che minchia fate? almeno chiamate i pompieri, maremmaladra, prendete qualcosa, l'acqua, l'estintore, fate qualche cazzo di cosa!

Ma quelli niente, non si smuovono, e anche se non insieme alla pompa di GPL, la macchina fra uno o cinque minuti comunque salterà in aria, come nei film d'azione americani, e quindi apro la portiera e inizio a tirare via borse, sacchi a pelo, chilum, buste d'erba, i libri, le audiocassette, lo zaino con dentro il passaporto britannico, l'acqua e il contratto di eredità.

Quindi non mi resta che provare a salvare la macchina – corro verso le pompe di benzina con tutta la gente ancora immobile e urlo al benzinaio una cosa che solo mia madre avrebbe potuto dire e cioè:
– Se non fai un cazzo ti denuncio.

Prendo il secchio, quello per inzuppare la spugna con cui si lavano i vetri delle auto, e torno di corsa verso la macchina.
Mentre il benzinaio si muove per la prima volta da quando siamo entrati e il Paguro – che chissà dove ha raccattato una sbarra di

ferro – urla che non sa come aprire il cofano e gli lascio il secchio dell'acqua sudicia e spalanco la portiera lato guidatore per tirare la levetta di apertura e mi abbasso perché dagli aeratori, quelli da dove di solito arriva l'aria, in quel momento ci uscivano lingue di fuoco, e allora l'unico modo è di inginocchiarmi a terra (il ricordo è confuso ma è da una prospettiva completamente sbilanciata, l'immagine è dal basso, di sguincio, come se fossi steso) e vedo il volante, le fiamme, la plastica liquefatta degli aeratori e finalmente la levetta, e allora faccio per entrarci da sotto le lingue di fuoco, finalmente la tiro e plac la levetta si stacca e mi rimane in mano, la plastica alla base completamente sciolta come cioccolata fusa e allora cosa minchia faccio adesso? Riesco dalla macchina impotente, con la levetta liquefatta in mano e Viola mi guarda, il Paguro guarda Viola, io guardo il Paguro, gli prendo la sbarra di ferro e con tutta l'adrenalina che ho in corpo la uso a piede di porco e scassino quel cazzo di cofano.

E a quel punto arriva il benzinaio con l'estintore che spara tutto quello strano liquido bianco e domiamo l'incendio.

La macchina è un rottame.

Ci sediamo di fianco a Rosa per riprendere fiato. È completamente bruciata, una carcassa senza anima. Abbiamo gli zaini e i vestiti e i libri e le altre cose sparsi in un raggio di venti metri e un'intera stazione di servizio che ci guarda.

I soldi non ci bastano nemmeno per tornare in treno. Presto tramonterà anche il sole e io in quel momento credo ancora che la macchina si possa aggiustare e salvare.

Si ferma un camionista, l'unico che ci ha considerato in quella stazione di servizio, e ci dice:

– Vi serve un passaggio?

E io dico:

– Pagu, Viola, andate pure voi, mettetevi in salvo. (Da cosa poi, ormai? Premonizione, generosità o meccanismo paraculo del salvatore?) Io aspetto il carro attrezzi e la polizia e poi proverò a tornare in treno.

Faccio il generoso, tanto ero protetto dal caos o dai templari della setta di mio padre.

E poi mi sentivo in colpa. Perché adesso, a bocce ferme, a guardare la macchina abbrustolita, non so perché mi sale il bruttissimo sospetto che sia andata a fuoco per colpa mia che avevo dato retta a quel coglione del Govoni che mi aveva messo un impianto da portoricani alla cazzo di cane.

Raccattiamo tutte le nostre cose, loro prendono gli zaini, salgono sul Tir e partono verso Pisa. Io resto là seduto sul ciglio della strada.

E in questi casi, tra l'altro, uno potrebbe anche riprendersi e dire: tu che credi tanto nella simbologia del caso vuoi valutare un secondo che non è proprio un bel segno positivo che stai tornando a Pisa per rivederti con Ilaria e ti va a fuoco la macchina?

Vuoi un attimo ammettere che secondo il tuo sistema mistico-semiotico hai avuto un chiaro segnale che qualcosa sta andando storto?

Ma no, il fondamentalista religioso, lo schizofrenico quale io sono riesce perfino a ribaltare i segni contrari e farli diventare positivi: saremmo potuti morire io e i miei amici e invece sono un miracolato, sono un eletto, ho salvato la vita a loro e a me.

Resto là accanto alla macchina carbonizzata. Il sole scende. Mi viene a prendere il tipo con il carro attrezzi, che carica la macchina e porta lei e me dallo sfasciacarrozze.

Gli provo a dire che devo andare alla stazione dei treni, perché, non so come, ma in qualche modo devo e (questa volta voglio) tornare a casa, ma mi dice che prima devo compilare una serie di moduli e tra l'altro non ho i soldi per pagare il carro attrezzi e quindi ci sono altri moduli da compilare.

Mi porta a questo deposito di macchine sfatte ed entriamo in una sorta di labirinto di carcasse di auto e pezzi e tranci di motorini e camion, un cimitero di sedili e volanti e carrozzerie.

Mi mette davanti i moduli mentre chiedo:

– Ma quindi la macchina non si salva?
– E che vuoi salvare? Non lo vedi che è ridotta una merda?

Mi fa male sentirla chiamare così.

Ma non posso fare altro: firmo e gli chiedo quanto è lontana a piedi la stazione.

– Non tantissimo, ma è pericoloso.

Usciamo sul retro, prende un mazzo di chiavi grande come un grappolo di uva fragola ed entriamo dentro un garage dove sono parcheggiate in fila Maserati, Porsche, macchine così, e mi fa, complice e divertito:

– Che ci prendiamo, la Maserati? O dà troppo nell'occhio!? E dài, pigliamo questa.

E saliamo su una Porsche coupè, e mentre percorriamo quel vialetto di brecciolino che ci porta fuori vedo Rosa, la mia Uno Novecento Sting quattro marce con cui avevo fatto i migliori viaggi della mia vita (tra l'altro la prima e ultima macchina che ho mai posseduto in vita mia), scorrermi di lato. E allora d'istinto mi volto e mentre mi allontano la vedo diventare sempre più piccola, un rottame abbrustolito in mezzo ad altri rottami, senza una storia, con quei finestrini che sarebbero tornati a essere pezzi di vetro da riciclare su altre macchine anziché finestre su paesi, città, campagne, spiagge.

E così, su quella insulsa Porsche che si allontanava ho capito che quella era l'ultima volta che avrei visto Rosa in vita mia.

Alla stazione di Caserta vedo che c'è un espresso per Firenze che parte alle undici di notte e quindi dico bella lì, ho solo dodicimila lire, inutile provare ad andare in biglietteria che costerà trentacinquemila minimo, mi schiocco dentro senza biglietto e quando e se arriverà il controllore (in fondo è la notte del tredici agosto) glielo dirò.

Monto sul treno e trovo uno scompartimento vuoto.

Manco mi siedo – con la speranza di allungare i sedili e stendermi – che un uomo piazza una grossa scatola di polistirolo, di quelle che si usano per portare le mozzarelle di bufala, sul poggiavaligie, quello stretto con le aste che c'era un tempo nel corridoio dei treni a scompartimento, ed entra e mi si siede accanto.

Dopo arriva un altro uomo e altri ragazzi e lo scompartimento si riempie.

Il ragazzo seduto davanti a me mi chiede:
– Ma dove vai?
E io:
– A Pisa. E tu?
E lui:

– A Riccione.

E poi: cosa fai nella vita? Studi? Vivi coi tuoi? Chi tifi? Che hai fatto questa estate? Eccetera.

Insomma un tipo amichevole e allora gli spiego che mi è bruciata la macchina in autostrada. Come bruciata?

Gli racconto meglio, insomma facciamo amicizia finché mi chiede:

– Ma tu fumi?

Ed era ovvio che intendeva canne.

– Chiaro che fumo.

Non potevo mettermi a spiegargli il principio omeopatico della droga base acqua, della vita come viaggio psicotropo e tutto il resto.

E comunque il rituale delle canne è un gesto di distensione sociale, un po' come gli indiani che fumano per fare pace. La sigaretta te la fumi da solo, la Coca-Cola te la bevi da solo, ognuno con la sua lattina, invece il fumo no, c'è un senso di condivisione. Rifiutare non è bello.

– Vieni con me che ti faccio fumare.

Mi alzo e dico agli altri dello scompartimento:

– Posso lasciare un attimo lo zaino?

E tutti: sì, come no?

Massima fiducia nel genere umano, era la mia nuova religione, mica che potevo mettermi a dubitare proprio adesso che avevo trovato un fratello che mi invitava a farmi una canna.

Andiamo nel corridoio, lui chiama al cellulare qualcuno, attraversiamo il treno vuoto e arriviamo in un altro scompartimento dove ci sono altri tre, quattro ragazzi che iniziano a rollare e mi offrono un torcione e poi un altro mentre parliamo dell'estate, della macchina bruciata e di Pino Daniele, di come erano migliori le prime canzoni *Quanno chiove* e *Je so' pazzo*.

E allora per essere cortese gli chiedo (avendo solo dodicimila lire) se potevo comprare due canne anche io, così per offrirgliele – e loro mi dicono che certo, un loro amico ce l'ha.

Lo chiamano al cellulare, e mi dicono di andare avanti.

– Lo trovi in uno scompartimento a metà del prossimo vagone. Chiedi di Nello.

Vado di là e dopo diversi scompartimenti vuoti, vedo dei ragazzi, chiedo di Nello, e uno di quelli subito mi fa:

– Che vuoi comprare, due canne?

Sapeva già tutto.

– Allora però andiamo nel bagno che magari passa la polizia.

E io: dài, ma quale polizia? E lui: o il controllore.

E mentre entriamo nel bagno mi fa: dammi le diecimila.

Io gliele do e lui inizia ad armeggiare in modo strano con la stagnola e subito lo sgamo e gli dico, ridendo:

– Ma cosa mi vuoi tirare il pacco!?

E lui mi mette in mano la stagnola dove evidentemente dentro non c'era una briciola di fumo e io nemmeno la apro e faccio per ridargliela, ma non incazzato, ma come dire: dài è ridicola questa pantomima, e comunque mi hanno mandato i tuoi amici che mi hanno offerto fino a ora, ma quello ormai si è agitato e con una mossa goffa fa per andarsene, la stagnola casca a terra e io lo seguo che rientra nel suo scompartimento:

– Volevo offrirlo ai tuoi amici, sono tuoi amici o no quelli di là? Li conosci o no?

E lui:

– No, non li conosco.

– Ma se ti hanno chiamato al cellulare! Cioè ti rendi conto che alla fine stai tirando un pacco ai tuoi amici?

Entra nel suo scompartimento e gli altri suoi due o tre compari si mettono di lato come a protezione e gli dico sorridendo:

– Dài, ridammi i soldi, o due canne che è pure meglio.

E forse perché sono entrato nello scompartimento o perché insisto e lui si innervosisce – o perché si è rotto le palle –, mi fa:

– Ma tu ce l'hai il coltello o no?

Che era come dire: perché io ce l'ho.

E, sempre sorridendo, gli rispondo:

– Eh, ce l'avevo.
– Sì? E dov'è mo'?
– L'ho buttato in un fiume insieme alla carta d'identità.

E qui c'è un momento di silenzio.

È evidente che quelli mi massacravano quando e come volevano, coltello o meno (anzi meno male che non ce l'avevo) ma il fatto che gli avessi detto una frase così strana li aveva confusi.
Devono aver pensato: ma chi è questo?
È pazzo? È criminale? È della polizia? Si è messo in un guaio?

Capisco che la tensione sta salendo troppo, faccio per andare via in corridoio, quello esce dallo scompartimento e mi fa:
– Tanto lo so io dove stai tu: stai a Pisa, no?
E gli rispondo facendo un segno nell'aria, un grande cerchio davanti a me, e pronuncio le seguenti parole:
– All'incirca però.
E chiudo il cerchio con la mano.

Quello ci capisce ancora meno e penso: eh, sono troppo furbo, cioè manco furbo, sono un mago e ho fatto un altro dei miei incantesimi.
L'incantesimo della confusione.

Torno nell'altro scompartimento dove mi hanno offerto il fumo e quelli tutti allegri mi fanno: allora? E io: il tizio, il vostro amico, mi ha tirato il pacco. E loro:
– No, come il pacco!?
– Boh, io gliel'ho detto che volevo offrirlo a voi, il fumo, perché eravate stati gentili, ragazzi mi dispiace.
Qualcuno ridacchia. Gli altri mi dicono di non preoccuparmi. Mi sale il sospetto che c'entrino qualcosa con il tipo del pacco e inizio a pensare al mio zaino con il passaporto britannico e il contratto di mia nonna. La mia infinita fiducia nel mondo si incrina di un pelo.

Allora li saluto e torno nell'altro scompartimento, accompagnato dal tizio che mi aveva invitato a fumare.

Lo zaino c'è ancora e gli altri sono svegli e chiacchierano.

Mi siedo al mio posto, guardo fuori dal finestrino scorrere la notte nera e indistinta, chiedo che ore sono e il più vecchio tira su la manica, guarda l'orologio e mi dice che è quasi l'una di notte.

E mentre fa questo movimento vedo che quello che sta guardando è un Rolex. Questo è vestito non dico da pezzente, ma manco da manager, e ha un Rolex, guardo l'altro adulto seduto di fronte a lui, quello che ha piazzato il polistirolo con quelle che pensavo mozzarelle di bufala sopra il poggiavaligie in corridoio, e vedo che anche lui ha un Rolex.

Poi dice qualcosa in dialetto al ragazzetto che mi ha accompagnato di là e quello risponde e io lo guardo meglio e realizzo che ha una cicatrice lunga come un baccello che spunta dalla polo e che le mani di quello di fronte a me hanno le nocche completamente cicatrizzate e allora penso a questa strana conformazione del mio scompartimento e mi sorge un altro brutto sospetto: non è che questi si conoscono e hanno tutti i cellulari per tenersi in contatto – quando il telefonino nel millenovecentonovantasei non era proprio un gadget comune?

Allora d'istinto prendo lo zaino, me lo metto sulle gambe, e attuo l'ultima risorsa dell'animale preda che è stato beccato, e cioè la tecnica di stare immobile e far finta di essere morto, e poggio la testa sullo zaino a protezione di esso e penso: farò finta di dormire per una mezz'ora e vediamo che succede. Ma penso anche: stai calmo che forse ti sta solo salendo la para perché hai fumato troppo e non ci sei più abituato.

E finalmente dopo trenta-quaranta giorni di meraviglia cosmica, di realtà magica, capisco che la situazione non è esattamente il mondo delle scurregge colorate.

La crepa, minuscola, si sta biforcando. E il rischio è che piano piano aumenterà e poi più veloce e poi esponenzialmente e, fra poco, verrà giù tutto.

Purtroppo lo so come funziona.

Sto lì fermo immobile. Il treno corre nella campagna anonima e buia, gli uomini parlano fra loro in napoletano o casertano o quello che è, e io non capisco niente.

Resto fermo fino a quando non arriva il controllore, che per me in teoria sarebbe stato un bene perché era una sorta di ufficiale pubblico, ma era anche un male perché voleva il biglietto che non avevo, come i soldi se è per questo.

Arriva il controllore e il controllore anziché chiedere i biglietti parla in dialetto pure lui. Loro gli dicono qualcosa, lui gli ridice qualcosa, e poi quando arrivano alla questione del biglietto credo di capire che loro gli allungano un solo biglietto, dicendo che gli altri sono già stati controllati, e io so che non è vero perché sono saliti con me a Caserta e non si è visto nessun controllore fino ad allora. Quindi mi convinco che si conoscono, che sono in combutta e quindi è svanita anche la percentuale di bontà dell'ambivalente figura del controllore e cioè che fosse un ufficiale pubblico e quindi garante della legalità.

Ora anche lui è solo un nemico.

E insiste:

– Gli altri allora sono già stati visti?

E faccio finta di dormire.

– Scusi, già visto il biglietto?

E il tipo seduto accanto a me mi tocca la spalla. Alzo la faccia dallo zaino e con grande sicurezza dico:

– Sì, già visto anche il mio.

E mi ributto giù.

Momento di silenzio e bruciaculo. Poi sento che ridacchiano di nuovo, anche il controllore ridacchia e quelli lo salutano, lui va via e lascia in pace pure me.

E allora è chiaro che si conoscono.

Forse dovrei alzarmi e andare in uno degli scompartimenti vuoti e stare per cazzi miei.

Oh, aspetta un attimo...

... ma perché siamo qui strippati in sei, se nel resto del vagone gli scompartimenti sono vuoti? Allora questi stanno davvero tutti insieme, questi giovani ventenni con questi signori di quarantacinque, cinquant'anni e gli altri quattro che mi hanno fatto fumare stavano tutti in uno scompartimento e quello che mi ha portato di là, quello con la cicatrice sul collo, conosceva tutti pure lui.

Il mondo meraviglioso dell'antiparanoia si incrina per l'ultima volta e poi collassa di colpo, e si apre l'altro che stava sotto, quello speculare e rovesciato del bad trip.

Quando sei predisposto a forme di psicosi e fumi troppo, giorno dopo giorno le paranoie strisciano a terra come soldati e ti si vanno a posizionare in alcuni punti chiave.

Tu credi che tutto stia andando bene e invece sei sotto assedio.

Ma quello era un percorso più sotterraneo, di lunga durata – la vera deflagrazione per me avvenne con l'LSD.

Io e il gruppo di miei amici, dopo varie letture scientifiche sull'acido lisergico, si iniziò a prendere con cautela e moderazione qualche dose omeopatica di trip.

I primi esperimenti andarono bene. Pure troppo. Mi ero convinto che l'acido funzionasse come un processo creativo o psicoanalitico: si manifestava come disgregazione della personalità, l'io si ramificava ed esplodeva, e quando il trip finiva avevi una possibilità unica: riaggregarti in maniera un po' diversa da come eri prima.

Dopo ogni trip quindi avevo la sensazione di essere diventato più presente, solido, intuitivo. Ogni volta avevo l'impressione di aver capito qualcosa di più sul mondo e su me stesso.

Poi un giorno invece andò tutto storto: ogni illuminazione si rovesciò in una paranoia, ogni persona e cosa tramavano contro di me, ero prigioniero del mio acido malato, per ore, un tempo che sembrava infinito in quell'unico bad trip della mia vita, perché poi smisi per sempre e dovetti scappare da tutto e tutti e mi ritrovai a casa da solo rannicchiato nella doccia che vedevo le piccole piastrelle del bagno che si muovevano a onde, come un mare di magma.

Ogni piastrella diventava un pezzo di un frattale che cambiava ogni secondo forma e disegno. Chiudere gli occhi non serviva: le cose, le forme che vedevo crearsi sulle piastrelle rimanevano impresse sulla retina come in negativo e continuavano a muoversi nel buio delle palpebre. Guardai fuori dalla finestra: anche le piante si muovevano, erano forme mostruose, senza senso né scopo. Quell'atroce luna, quella finestra che non sapevo più cos'era: ero strangolato in un orrore senza fine.

Il mondo implose su se stesso, non c'era più connessione con la realtà, la straordinarietà degli oggetti del trip si era ribaltata: nulla aveva più senso, anche il tempo era un tempo infinito da cui non sarei più uscito. Pensavo di non avere più amici, che non mi sarei messo con altre ragazze né sarei tornato con Ilaria, dell'università non m'importava, coi miei genitori non c'era dialogo, avevo fallito con la politica e non avevo nessun altro talento.

Provai a calmarmi, stendermi a letto, non potevo chiedere aiuto a mia mamma che si sarebbe spaventata, non avevo nessun amico da chiamare, ero solo in questo vortice che mi risucchiava in una doppia terribile sensazione che posso provare a spiegare così: sono stato lasciato a vagare da solo su una piccolissima astronave che va verso lo spazio infinito, ho da mangiare e ossigeno in quantità, ma non c'è nessuna speranza che nei quarant'anni di vita che mi rimangono arrivi da qualche parte o incontri o parli o veda qualcuno, continuerò semplicemente a guardare il nero spazio infinito di fronte a me e qualche luce lontanissima, e poi solo buio, buio e nulla fino alla fine dei miei giorni.

L'altra sensazione, contrapposta ma presente allo stesso tempo, è: c'è stata la guerra atomica e mi trovo in una stanza d'albergo al quarantesimo piano, è un grattacielo che sta bruciando e l'unica via d'uscita è buttarmi dalla finestra, perché i miei amici non sono veri amici e quindi non verranno a spengere l'incendio, e comunque la storia del mondo non è che una sequela di sbagli e crimini, non siamo altro che una razza malvagia che si sta accartocciando su se stessa e finalmente, giustamente, imploderà.

E, a quel punto, ebbi la chiara sensazione che ammazzarsi sarebbe stata la cosa più semplice. Non che fosse una soluzione auspicabile, eppure la migliore in quel frangente. Fra quelle due prospettive, la terza della morte era comunque un respiro di sollievo.

Presi il mio booster blu e partii, in un mondo fatto di luci sintetiche e persone inanimate, mi avviai senza una meta, con l'obiettivo di cercare un posto, una soluzione, il modo più indolore e veloce di farla finita, e mentre andavo a tavoletta, come in trance, verso il mio destino, da una strada laterale sul lungo viale alberato che da Pisa va verso i monti uscì di colpo una macchina.

Frenai, sbandai, rovinai a terra io e il motorino. Mi rialzai con l'adrenalina che pompava in ogni vena. Me la presi con questo che continuava a scusarsi senza uscire dalla macchina, attento perfino a non abbassare il finestrino, impaurito dalla mia rabbia:

– Mi potevi ammazzare! Ammazzare, testa di cazzo!

E chi è che vuole morire? Chi è che vuole rinunciare a questo spicchio di sole, vino, amore, trallallà?

Chi?

Mi salvai, ma la mia propensione alla paranoia si ispessì: divenni più sospettoso, malfidato, e quando riniziai la mia relazione con Ilaria, mi portai con me, oltre al karma di chi stava tradendo (e quindi conosceva i trucchi) la malattia di chi ha fatto un giro di troppo sulla giostra dell'acido cattivo.

A quello assomigliava la sensazione sull'espresso Caserta-Firenze. C'era un agguato di bad trip più specifico e reale: da che gente ero attorniato? Cosa rischiavo? In ogni vagone c'erano scagnozzi che si conoscevano?

Allora continuo nella tattica della preda che si finge morta. Faccio finta di dormire mentre gli altri si scambiano qualche parola e il tizio di fronte a me risponde al cellulare.

Il tizio al telefono dice no, non riesco ancora a addormentarmi... no, non ancora (e penso che si stia riferendo a me... magari stanno aspettando che mi addormenti), e non so più se tutto questo sia frutto di quel morbo contratto quella sera di un anno prima (come la malaria può rimanere latente per mesi e anni e rispuntare quando meno te l'aspetti) o se invece il pericolo è reale, gli indizi troppi e oggettivi per far finta di nulla.

Quindi mi dico: resta vigile.

Occhio chiuso ma cervello che viaggia: andare in un altro scompartimento da solo non mi sembra una grande idea. E poi da una parte ci son quelli che mi hanno fatto prendere il pacco, giocando al gatto col topo (per divertirsi? per testarmi?) e dall'altra c'è il tipo del coltello.

Che poi in effetti... ora che ci penso: non è che stanno facendo la guardia, un gruppo davanti e uno dietro?

A cosa?

Forse alle scatole di polistirolo che hanno messo nel poggiavaligie?

Col cazzo che ci sono mozzarelle di bufala.

Il tizio, mettendole là sopra, non aveva anche detto e queste le mettiamo qui..., tradendo con quella frase buttata lì una loro importanza?

E comunque, perché non le ha messe dentro lo scompartimento?

Perché là dentro ci son pasticche e cocaina e fumo. Vanno a Riccione (chiaro) e vanno a spacciare.

Le hanno lasciate fuori come se non fossero loro – probabilmente ci sarà stata una sentenza in Cassazione che ha assolto dei tizi che avevano lasciato sul poggiavaligie fuori dallo scompartimento cinque chili di cocaina e hanno detto che non erano loro. E comunque, se arrivasse la polizia, gli altri pianterebbero un casino, si farebbero portare via per due canne e resistenza a pubblico ufficiale, mentre quelli metterebbero al sicuro il grosso della roba.

Ho paura.

Il cervello è rientrato in modalità survival. Sento il treno rallentare e dico ora me ne scendo, me ne scendo qualsiasi stazione sia – sperando che stia rallentando perché effettivamente è una stazione.

Prendo un respiro e mi alzo.
E non appena mi alzo, il giovane accanto mi fa:

– Che fai, vai via?

E anche se lo sapevano benissimo che dovevo andare a Pisa e quindi scendere a Firenze, rispondo:

– Sì, scendo a questa.

Prendo lo zaino, non mi guardo mai indietro, esco dallo scompartimento e attraverso il corridoio e cammino fino alla porta del treno. Mi siedo sugli scalini della porta e aspetto quella che mi sembra un'ora, sicuro di essere controllato, pregando che non mi vengano a prendere puntandomi un serramanico in faccia.

Fuori i binari corrono diritti verso nessuna direzione, passano stazioni vuote e inutili, il treno va troppo piano, rallenta a tradimento facendomi credere di essere arrivato e poi riprende velocità, io mi stringo al mio zaino, con la paura di guardare in corridoio e vedere avanzare un'ombra, mi concentro sul rumore ritmico del tatan tatan del treno che mi serviva a addormentarmi quando ero piccolo, e finalmente le luci di una città grande appaiono al finestrino, e il treno si ferma davanti al cartello della stazione di Arezzo, in mezzo alla notte rischiarata dai lampioni.

La porta si apre, faccio il sottopassaggio deserto e trovo accanto al bar chiuso la postazione della polizia ferroviaria, mi stendo là davanti usando il mio zaino come un cuscino, ma non riesco a dormire: inizio a pensare che magari mi sto buttando dalla padella nella brace, che la polizia mi rinchiuderà in gabbia, che magari la polizia è corrotta e in combutta con loro. Quindi mi rialzo, cammino senza stare fermo in un posto per troppo tempo finché non arriva la luce, vedo che c'è un altro treno per Firenze, vado al bar della stazione a farmi un cornetto e cappuccio con le ultime duemila lire e spicci che mi ritrovo, e mentre sono dentro al bar che inzuppo una meritata sfoglia alle mele nella schiuma calda, vedo entrare i due tizi giovani del mio scompartimento, quello con le nocche spaccate e quello che mi aveva fatto andare a fumare nell'altro scompartimento.

Fanno finta di essere sorpresi e mi dicono:

– Toh! Ciao...

E l'altro:
– Buongiorno, come va?
E io:
– Bene.
E dopo una pausa:
– Com'è che siete qua?
E loro:
– Mah, volevamo fare un giro.

Sì, un giro alla stazione di Arezzo, bel giro del cazzo.

Ma non ho più paura come la notte prima. È giorno, c'è il sole e la gente. E in qualche modo capisco che stanno solo controllando che io non faccia cazzate.

Finisco il cappuccio e torno sul binario.
Salgo sul treno e li vedo salire sulla carrozza dopo la mia. Poi cambio a Firenze e prima di prendere il regionale per Pisa li scorgo perfino là: ma questa volta non sono venuti per seguirmi. Rimangono in cima al binario e mi guardano da lontano, per essere sicuri che monti su quell'ultimo treno e per essere sicuri di essere visti da me che partivo.
O avevano capito che ero uno che non sarebbe andato a denunciarli alla polizia. O a quell'ora gli altri erano già scesi dal treno a Rimini o Riccione o boh e quindi chi li beccava più?

Tempo dopo raccontai tutta questa storia a un mio amico che aveva a che fare con grandi quantitativi di fumo, e questo mio amico mi disse che secondo lui quelli erano una squadra, un gruppo di lavoro che andava in trasferta. Mi spiegò che quello dello spaccio è un business come i baracchini dello zucchero filato – ma anziché vendere liquirizie e hot dog vendono pasticche e coca, stanno in alberghi di Riccione che sono proprietà loro, fanno mezza stagione, danno il cambio ad altri, fanno i soldi per loro e per l'organizzazione, e se ne tornano a casa a settembre.

E allora ho ripensato al campeggio dell'Ampollino, a quel paradiso terrestre: pacchi d'erba fresca venduta alla metà di quanto la pagavamo a Pisa, concerti di gruppi indie, di notte rave e techno, dove al cambio di musica corrispondeva il cambio di droghe: una pioggia di pasticche e trip e coca.

Pure l'oppio c'era.

L'eroina che ve lo dico a fare.

E allora mi sono chiesto: ma quella sorta di isola del bengodi nel parco dell'Ampollino, quell'avamposto anarchico di liberazione e perdizione, non era forse in realtà un grande centro commerciale della 'ndrangheta?

Nel profondo cuore della Calabria, in quella regione dove in quattro anni ci sono stati trecentoventicinque attentati contro amministratori locali, dove un'organizzazione di seimila affiliati controlla la Salerno-Reggio Calabria e il porto di Gioia Tauro, possibile che noi fossimo liberi di fare il nostro festival?

Non è più ragionevole sospettare che quelli abbiano pensato: prendiamo un po' di soldi del comune e della provincia per far venire due sfigati con le loro chitarrine e fisarmoniche, gli diamo uno spazio in mezzo al monte che tanto non ci facciamo nulla e ci portiamo il cliente finale qui nel nostro territorio? Così non c'è da fare trasbordi, trovare spacciatori lassù a Nord, sminuzzare il guadagno e tutto il solito casino.

No, facciamo un festival di drogati – vengono tutti qua in massa in un posto solo, belli compatti, in vacanza. Tutti i soldi di mamma e papà e dei lavoretti che si portano dietro glieli prendiamo noi vendendogli l'erba che coltiviamo qui a un passo.

Lo volevi il chilometro zero?

E mentre questi incassavano, io stavo a catechizzare i ragazzi parlando dei mali del consumismo.

Così tanto ingenuo ero.

L'ultima botta è arrivata da Ilaria.

In una Pisa deserta di fine agosto, attraversando strade sgombre che sembravano piste prima di un gran premio, mi incamminai verso il Macchia Nera.

Là ci saremmo incontrati, nel palazzo di Atlante di questo mondo parallelo e in fermo pausa.

Le forze eucospirative che mi avevano fatto passare attraverso il cerchio di fuoco della macchina, e il tunnel della paura del treno, avevano preparato la scenografia perfetta per il nostro matrimonio simbolico.

Il mondo ci stava aspettando. Io avevo la polo bianca di Max che avevo preso a Padova, il sole inondava tutto e la brezza del mare aveva seguito quel canale naturale che è l'Arno, fianco a fianco dei platani su viale d'Annunzio, accarezzato i lungarni per svirgolare all'altezza di San Michele degli Scalzi.

Tutto era perfetto per il nostro appuntamento telepatico, tranne un piccolo particolare.

Lei non c'era.

Ho aspettato fiducioso qualche minuto e poi qualche ora, ma non tornò per l'aperitivo, non tornò per cena, né a notte fonda.

Non venne mai a dirmi:
– Finalmente sei tornato, quanto mi sei mancato, ho sempre amato solo te, andiamo a scopare come ricci.

E d'altronde era impossibile. Ma non per le ragioni di cui mi convincevo al tempo, preso dalla mia astenia psicologica mi crucciavo delle mie insufficienze: avevo paura dei suoi tradimenti, ero geloso, sprofondavo di fronte alla allucinazione di quanto fosse un ganzo il suo nuovo ragazzo, provando a non pensare a quel piccolo dettaglio – ma come avevo fatto a non capire?

E anche adesso (siamo onesti, dài), che stavo scrivendo di tutto questo, me ne vergognavo troppo. Non del fatto in sé. Non c'è niente di cui andare fieri, ma nemmeno c'è da assecondare questa teoria retrograda della vita strappata a Dio. No, c'è da vergognarsi del fatto che al tempo avessi lasciato correre quell'episodio per incapacità e codardia come uno dei tanti incidenti del momento: ti beccano il fumo, ti scazzi con un tuo amico, porti ad abortire la tua ragazza... e la cosa più assurda è che in tutto questo mondo di simboli che mi ero creato, chissà come mai era rimasto sottotraccia proprio il più importante e chiaro, come se contasse poco o nulla.

Cinque mesi prima di lasciarmi Ilaria era rimasta incinta. Era rimasta incinta perché le dava noia il preservativo. A me figurati. Dopo la mia prima ragazza dove il profilattico era stato una costante di ogni penetrazione, un terzo incomodo con cui fare i conti sempre, entrare finalmente dentro il suo sesso cremoso, sentire il suo liquido avvolgermi senza la plastica a dividerci era stato come assaggiare il paradiso. Quindi sai che c'è!? Fanculo al preservativo. Lei si fidava della mia pronta uscita e io mi fidavo di me stesso, nonostante si fumasse. E fumando tutto si faceva più intenso, saporito, ma anche sfocato. Il desiderio era costante, il momento del culmine durava un attimo ma si dilatava nella nostra testa come un palloncino a elio.

E così era successo il patatrac: dopo un ritardo si fecero le analisi prima in farmacia poi in clinica, nella speranza che la tecnologia avesse sbagliato per una miracolosa volta.

Io avevo ventun anni, lei diciassette. Non c'era altra soluzione da prendere in considerazione. E poi, già assediato dai fantasmi dei suoi amanti, iniziai a giocherellare in un angolo della mente con il ragionevole dubbio che poteva essere successo di tutto in quel periodo caotico di quando stava con Marchino, dei suoi slanci di passione per Jonathan e per quello con cui si sarebbe messa dopo di me.

Ma quella volta mi disse che non c'era dubbio di chi fosse quel bimbo e me lo riconfermò molto tempo dopo, quando ormai non aveva più senso mentire:

– Quella volta era impossibile che fosse di altri. Quel figlio era tuo.

E quando sono andato a far leggere a Ilaria la prima bozza dell'altro libro che parlava anche di lei mi ha detto: a me tutte queste cose degli scazzi, dei tradimenti, non mi sembrano importanti, la cosa che mi ha davvero segnato di questa storia è non aver tenuto il bambino. Quel giorno quando uscimmo dalla clinica con le analisi che dicevano che ero incinta tu mi stringesti, ricordi? Fra i pini di via di Pratale mi sorridesti perché era anche bello, e mi stringesti perché ci eravamo uniti nella nostra essenza, i nostri DNA intrecciati in quel seme di figliolo che avevo in pancia.

Ma è troppo facile scriverlo adesso, col senno di poi e in una posizione così comoda. Come capirlo invece, o meglio, come accettarlo, al tempo?

E come uscire da quella impasse?

Non avrei mai potuto chiamarla o andarle sotto casa. Ormai ero trincerato dietro la poesia dell'urlo telepatico, della connessione magica e sotterranea, dietro l'orgoglio del non verrò a cercarti ma sarai tu ad arrivare da me.
Dietro la paura del pazzo che non vuole vedere la sua magnifica illusione dissolversi con un puff.

Quella notte rimasi al Macchia.

Tutti mi venivano a salutare come un reduce di qualche guerra, mi parlavano però con il sorrisino di chi si aspetta lo smatto, la follia spettacolare, il colpo folle istantaneo che li facesse ridere, aspettavano che gridassi Ilariooooooo!? o che mi spogliassi di nuovo e girassi ancora nudo e a piedi scalzi declamando frasi magiche.

Poi arrivò il Ragno, mi salutò, iniziò a raccontare gli aneddoti del Pistoia Blues, di quando regalavo l'erba e piantavo semini nei cespugli del campeggio, del ritrovamento delle scarpe sotto il cartellone, dell'Ampollino, di quando facemmo la danza della pioggia battendo sui tamburi e poi aveva piovuto davvero.
E anziché confessare che volevo far andare via le nuvole e spuntare il sole (la leggenda meglio farla costruire agli altri appunto), cominciammo a battere con le dita sul bancone di acciaio del bar.

Tan takatan ta.

E il Paguro con le mani sul tavolo. E Biafra si mise a picchiare sul djembè e uno dopo l'altro, tutti quelli che erano là nel salone del Macchia cominciarono a suonare, chi sulle pentole, chi con una forchetta su un bicchiere, chi con i piedi sul pavimento. Si scossero scatole di pasta come maracas. Si sbatterono schiaccianoci, si soffiò nelle bottiglie di birra vuote.

Quello era il mio posto.

Quel rifugio di disperati e fuorilegge dove perfino ad agosto c'è gente che non si può permettere di andare sulle spiagge affollate di tette sode e fisici scolpiti, di bambini biondi e sorridenti, su quell'orizzonte ingombro di una folla di materassini, braccioli e racchettoni.

O forse avevano capito che le strade della città per magia diventavano le vere insenature di mare, che l'asfalto era sabbia, che il senso di calma della tavola piatta si era trasferito lì sui marciapiedi della città vuota, che l'approdo dei dispersi in mare erano gli ultimi bar aperti.
Solo là c'era la solitudine e la serenità dell'oceano.

La città si prosciugava, travasava il suo liquido come un depuratore che lascia andare tutta l'acqua buona e fa rimanere lì solo il sedimento, gli elementi impuri, quella parte di umanità che non passa dalle maglie della vacanza.

E il Macchia Nera era il porto dove quella gente trovava accoglienza tutto l'anno, ma che d'estate ne diventava proprietaria. Quel posto che da settembre a luglio dovevano spartire con i politici, ad agosto era in mano solo a ex galeotti, cani sciolti, e tossici.

Sì perché in tutto quel mondo l'eroina era sempre nell'ombra, nel dietro le quinte, una sorta di segreto di pulcinella che manovrava le relazioni e i moti d'animo. E penso di essermi salvato dall'eroina per un soffio. Sono convinto che se l'avessi provata anche solo una volta non ne sarei più uscito.
E per questo devo ringraziare i centri sociali e il Macchia Nera in particolare, che era il posto dove c'era più eroina a Pisa, e Pisa a cavallo fra gli Ottanta e i Novanta è stata per diversi anni la città con la percentuale di tossicodipendenti più alta d'Europa.

(Nella vita non puoi mai sapere: frequentare il posto dove c'era più eroina in Europa mi aveva salvato dall'eroina.)

Perché al Macchia Nera ci sono entrato nel momento dopo l'occupazione della Pantera, quando si era esaurita la lotta nel liceo e trovammo approdo al centro sociale che per me era prima di tutto la stanza del ciclostile dove stampavamo i volantini e dove facevamo le assemblee di questo baluardo di resistenza (c'è da chiedersi perché dopo poco mi trovai nel mezzo fra i politici e l'altra metà del Macchia e cioè i tossici – mica che erano i due argini dello stesso solco, mica che gratta gratta c'era una stessa radice di depressione che mi faceva sentire distaccato e opposto al mondo, che mi sembrava un posto di merda regolato da convenzioni e leggi di merda?) e comunque quello era uno dei posti dove la propaganda contro l'eroina era più forte, e non tanto perché, vedendo come stava messa certa gente, ti passava la voglia di farti, ma perché fra i politici c'era la convinzione che era stata l'eroina una delle cause maggiori della fine del movimento e quindi mentre se ti fumavi una canna ok, se ti facevi un trippino ti additavano come un fricchettone, per l'eroina erano chiari: l'eroina NO, dall'eroina non c'è via di uscita, era da evitare e basta, addirittura era uno strumento del nemico. Il Sisde probabilmente l'avrà buttata a pioggia nelle grandi città e in particolare in quelle che erano state epicentro del movimento come Pisa.

(Che poi la cosa assurda è questa: in una nazione dove il complotto, il depistaggio, l'insabbiamento prosperano e fioriscono dai tempi di Roma passando per Machiavelli arrivando fino alle stragi di Stato e a Ustica, non è da stupidi *non* essere depressi e paranoici!?)

Su ogni parete quindi c'era un murales con uno Zippo che spezzava una siringa e fuori, sul muro di cinta, una scritta immensa "No Eroina No Polizia", scritta che a tutti gli altri, tranne a noi politici, faceva molto ridere visto che dentro era zeppo di tossici e a Pisa il centro sociale lo avevano tutti ribattezzato "Macchia Pera".

E infatti dei miei amici con cui ho spartito quel tempo del grande smatto se ne sono salvati pochissimi.

E l'altro giorno, andando verso la psichiatra con mia madre che mi aveva voluto accompagnare un'altra volta con la scusa di parlare di sua sorella, ho incontrato il Ragno che camminava nella direzione opposta. È stato un saluto strano perché di solito era lui che mi sfuggiva, questa volta invece si erano ribaltati i ruoli: lui era rimasto lì a parlare e io invece mi vergognavo di me, di mia madre al seguito, di essere sulla strada per prendere la mia dose di pasticchine da depresso.

L'ultima volta che ci eravamo sfiorati lui era in botta da eroina e quindi era lui che non riusciva a guardarmi negli occhi. Adesso sono io che abbasso lo sguardo mentre lui mi saluta e mi dice: dài vediamoci, beviamoci una birra uno di questi giorni, e mia madre dice qualcosa a sproposito che mi mette ancora di più in imbarazzo.

La sera a casa non posso che ripensare a quell'incontro, ai coprotagonisti di quel tempo e al fatto che dopo ne avevo rivisti pochissimi. Perché i miei amici del periodo del fervore rivoluzionario, del liceo, dell'università, quelli che erano gli amici che avevano dietro famiglie con gli scaffali pieni di libri, con i diplomi e le lauree, con una cultura e con dei lavori normali, quelli si sono tutti fermati un passo prima del precipizio.

E quelli li ho rivisti tutti: ci ho fatto cene, viaggi, compleanni, sono andato a vedere i loro bambini appena nati, ci ho lavorato insieme, e ci siamo aiutati. Gli altri, quelli che mi accompagnarono fino agli ultimi stadi del grande smatto, invece li ho persi nella risacca della società. A volte li ho sfiorati, quando c'erano delle occasioni che univano tutti i diversi strati della città: la Luminaria, il primo maggio – ecco, lì li rincontravo, ci stringevamo le mani, ci abbracciavamo. Allora? Com'è? Tutto bene? E le persone che avevo conosciuto dopo quel periodo rimanevano sconvolte da quegli occhi lucidi di botta piena, da quelle grattate di braccia, da quei racconti – ti ricordi quella volta che ci eravamo fatti di 2CB e poi vomitammo l'anima?

Ma forse era davvero arrivato il momento di riprovare a contattarli, di guardare dove mi avrebbe portato quel bivio che quindici anni fa non avevo preso. Perché non c'è niente di meritocratico nel fatto che io non sia finito a bucarmi e loro sì. Forse ho avuto dei genitori più acculturati di loro, forse mi hanno solo voluto più bene, forse è perché sono arrivato al Macchia per mezzo della politica, o forse, più semplicemente, è culo.

E poi forse questo incontro con il Ragno era un segno, alla maniera del grande smatto. Magari si sarebbe (lui o chi per lui) ricordato qualcosa. Dei dettagli, delle cose che non ricordo nemmeno io di aver fatto, vai a sapere.

Ho provato a contattarli ma i vecchi numeri di telefono non sono più buoni. E su facebook non c'è nessuno, o se ci sono non usano i loro veri nomi. Perché il drogato non si fida di nessuno e vive nell'anonimato nella vita, figuriamoci su un social network.

Ma il Ragno per fortuna usa lo stesso soprannome che aveva ai tempi e così ci scriviamo e mi dà un appuntamento per vederci.

Mi dà appuntamento al bar Tredici, e per arrivarci passo nella strada che costeggia il Macchia Nera, che adesso è un buco in terra. L'hanno raso al suolo, dopo che era andato a fuoco: i politici avevano perso la loro battaglia con i tossici ed erano andati in esilio in un altro posto più piccolo e gestibile. Gli eroinomani non avevano più la forza politica per tenerlo.

E così, al posto di quell'ex dopolavoro diventato centro sociale, adesso c'è un cantiere. Cioè, un cantiere: c'è una grande fossa dove un giorno metteranno le fondamenta di quello che dovrà diventare una biblioteca. Che comunque non è male. Meglio di un parcheggio, per dire. Ma per me adesso che ci passo davanti il Macchia Nera è solo un buco nella nostra memoria. Una brutta storia praticamente per tutti, quel posto, forse perfino per chi ci ha vissuto degli anni fondamentali della sua vita. Da rimuovere fisicamente e dall'inconscio della città.

Appena il Ragno mi vede arrivare al baretto, mi fa: certo la camminata non è cambiata, eh! Nemmeno la tua, se è per questo! E così ci abbracciamo. Almeno non c'è mia madre, e poi lui mi sembra già un po' brillo, e così mi sento più a mio agio.

Ci sediamo, io con una birra, lui con un bicchiere di rosso che ha già quasi finito. Lo vedo dalle prime battute che sta meglio e infatti parte con orgoglio dicendo che è pulito da sei mesi. Non tocca droghe da duecento giorni. (Tranne alcol e sigarette, ma lasciamo stare le disamine da intellettuali.)

Poi parliamo degli altri, di quelli che c'erano al Pistoia Blues, all'Ampollino, al Macchia Nera. Ed è un'ecatombe. Tetano vive col padre. È secco come un chiodo ed è all'ultimo stadio della sua dipendenza. Non lo vede più da sei mesi: ma tanto, come potrebbe? È impossibile essere amici di un tossico, e il Ragno lo sa bene: anche lui sono quindici anni che si fa e che ruba a tutti quelli che conosce, da sua sorella a suo padre che è rimasto vedovo da qualche anno, quando sua madre è morta di crepacuore. Ha rubato al lavoro, e alla sua ragazza. È stato licenziato ed è stato lasciato. Quindici anni così. Come se non li avesse vissuti. Via, nel cesso metà della sua vita. Aveva iniziato proprio quando io li avevo lasciati andando in Erasmus in Inghilterra. E adesso gli è ripresa la voglia di recuperare tutto. (Ma non può, anche se non lo sa.)

Quindi esce tutte le sere, va in giro a fare serata con il Paguro che ne è uscito anche lui. Erano andati al CPA (una sorta di percorso guidato per uscire dall'eroina) insieme ad altri cinque tossici di

Pisa. Morti in quattro. Sono rimasti vivi solo lui e il Paguro. Il settimo non sanno dove sia: forse in Thailandia, forse l'hanno ammazzato per una storia di debiti e il cadavere non si trova.

E anche lui ha rischiato tanto: meno male che la sera quando è andato in overdose chiuso in bagno la sua donna ha avuto la forza di sfondare la porta e l'ha portato in ospedale dove gli hanno fatto il siringone alla *Pulp Fiction*.

E con chi altro esce? Chiedo. Col Mammella? Noooo, il Mammella l'ha visto un mese fa alle Piagge... lui l'ha salutato:

– Ciao Mammella!

E quello ha aperto un coltello a serramanico e glielo ha messo alla gola:

– Non mi chiamare Mammella o ti taglio la gola.

E lui allora ha provato a dirgli:

– Scusami... scusami...

Ma non sapeva che nome usare perché mica se lo ricordava come si chiamava davvero. Per tutti era il Mammella e basta. E per fortuna che non gli è uscito "Scusami Mammella...".

Dice che è bipolare. Perché pochi giorni prima l'aveva visto ed era stato tutto affettuoso.

E Cisco? Anche lui è morto di overdose. Il Miche è in Messico. Che fa? La stessa vita che faceva qui... si droga... va in giro... niente. Infatti, ma che cazzo c'è andato a fare fino in Messico se poi si droga come qui?

E il Gobbo? Come il Gobbo, non l'hai saputo? No, cosa? Il Gobbo si era messo insieme a una tipa, tossica anche lei e con un bambino di quattro anni al seguito. Un giorno è andata via dal nulla, lasciandogli il figliolo... cioè al Gobbo ha lasciato il figliolo...! Capito in che stato!? E niente, lui poi un giorno è uscito per strada e ha iniziato a tirare acido in faccia a gente a caso, e ne ha anche accoltellati tre. Per fortuna nessuno è morto, ma dè. Ora è in carcere psichiatrico. E il Gobbo ha paura di quando possa uscire. Perché il Ragno aveva rubato anche a lui e un giorno in piazzetta glielo aveva detto:

– Tu mi hai rubato trenta euro. E io torno, eh.

Gli offro un altro bicchiere di rosso. Qui costa un euro e cinquanta un bicchiere di vino. E dice che sono dei ladri che prima era uno e venti. Io frequento posti a Roma dove un bicchiere sotto i cinque euro sarebbe segno di grande sfiga. Ma questo non glielo dico. Mi vergogno anche un po'. O forse mi sento in colpa di avercela fatta.

Che poi fatta a fare cosa? Gli potrei parlare del fatto che non esco di casa da qualche settimana, che sono depresso marcio e vedo solo macerie attorno e dentro di me, che non mi posso nemmeno sparare un seghino senza che mi si trafigga il cranio – ma alla fine anche questo non mi farebbe vincere il contest della sfiga. Intanto, il conto del tempo non torna: siamo quindici anni contro qualche settimana, e poi mi racconta che quando si bucava, non gliene fregava niente di trombare. Perché l'eroina è troppo meglio di trombare. E comunque non veniva. Doveva far finta dopo un po' di su e giù, perché si rompeva i coglioni (uno dei rarissimi casi dove si ribaltava il ruolo maschile/femminile), allora usciva con il pisello in tutta fretta e se lo teneva in mano scappando in bagno facendo finta di doversi pulire. E di contro, quando invece non si faceva, gli bastava entrare e veniva dopo tre secondi tre.

Beviamo ancora. Finalmente parliamo un po' del grande smatto, della leggenda che mi avevano visto camminare nudo sui vagoni dei treni, del fatto che quando mi avevano portato al SERT dicevano che le analisi erano davvero tutte negative... che non avevo fatto niente, ero matto e basta, che regalavo i tappini e dicevo oh, mettici un tappino! (parafrasando il modo di dire pisano: oh, mettici un toppino!), che a lui avevo regalato un libro su Kant per bambini. Insomma, niente che non sapessi già, niente di così salvifico.

Ci salutiamo, gli dico sentiamoci, mi risponde vediamoci. Ma non lo pensiamo davvero né io né lui. Troppo complesso, troppo divario ora fra le nostre vite. O forse è stato solo un equivoco drogarsi insieme quindici anni prima: non è che non ci frequenteremo più adesso perché siamo diversi, è che non ci saremmo dovuti frequentare mai.

Dopo questo incontro ho provato a scrivere a qualcun altro, ma poi ho smesso. Da un lato avevo paura di sentire altre storie come quelle, di scoprire che esiste un mondo che non si vede di gente che vive così, in una sorta di limbo di nulla. E poi se non mi prende male a vedere loro, mi vergogno io a farmi vedere così depresso. Meglio che mi ricordino che correvo sui tetti dei treni – che tanto sto di sicuro peggio ora di quando urlavo al cielo, senza più documenti, nudo, con le lucine negli occhi e con una religione in tasca, pronto per invadere il mondo.

Eccomi qui: gnudo, con le caviglie piccole, le gambe secche, il cazzetto moscio, cieco, e convinto di avere poteri telepatici e soprannaturali, invento urla terapeutiche e di massa. Sono pazzo? Faccio schifo alla merda?

Amen. Nessuno è perfetto e chi vuole esserlo è più malato di me.

Se fossi stato famoso magari, se fossi stato una rockstar o un grande scrittore, avrebbero preso quel periodo come il segno e la certificazione del mio genio. Fossimo stati negli anni Settanta, dove la follia aveva un valore di mercato più alto, allora sarebbe stato un altro discorso.

Ma poi forse mi avrebbero preso per il culo comunque. A Pisa è così d'altronde: nessuno si merita la sacralizzazione, per tutti è garantita la presa per il culo. E per fortuna.

Non mi illudo più, ultimamente: io sono un depresso psicoastenico, loro sono tossici o nel migliore dei casi ex tossici che comunque dovranno supplire per tutta la vita a un buco di godimento, di calore, di affetto, di qualcosa insomma, che non verrà mai colmato. Ci puoi mettere dentro tutto l'amore e la gioia del mondo. Quell'appagamento completo e totale dell'eroina rimarrà un plateau inarrivabile. E per me forse vale il grande smatto.

Nessuna grazia in vista, tantomeno per me.

Invece a quel tempo ero convinto che nonostante o forse proprio perché fosse pieno di tossici, il Macchia Nera sarebbe diventato l'antenna della città, oltre che il parafulmine.

Non sono sempre partite così le rivoluzioni – insieme agli ultimi degli ultimi?

Bastava seguire alcune semplici regole e ce l'avremmo fatta, saremmo diventati un modello.

Forse era semplicemente il passo successivo e ultimo: prima trova il coraggio dei giusti e cambia te, poi contamina il tuo villaggio, e quindi il mondo.

E così ci mettemmo a rifare il vialetto, a pulire in giro. Pretendevo che tutti buttassero cartacce e altro nei cestini che avevamo predisposto. Che non spegnessero le cicche a terra. E se si pensa che non c'era nessuna polizia, nessuna forma di costrizione, è stato comunque un mezzo miracolo.

Soprattutto se si pensa che il modello non lo fai su un'isoletta di miliardari, ma nel porto degli eroinomani e galeotti.

Avremmo ripulito tutto il giardino, rimesso a posto la pergola di uva fragola e potato il melo sul retro, fatto un piccolo orto. Avremmo organizzato dei concerti dove non ci sarebbero stati suonatori e spettatori, ma tutti ci saremmo mescolati in un unico sabba.

Avremmo messo su una biblioteca di tutti i libri portati da casa, recuperato un tavolo di ping pong, organizzato tornei di scacchi, e fatto corsi di italiano per i senegalesi, avremmo bevuto rum e guaranà, avremmo smattato anche senza quello, ballando ebbri di droga base acqua.

Un giorno tornai a casa per farmi una doccia, salutare mia madre, cambiarmi due vestiti. Trovai sulla mia scrivania il biglietto per la mia salvezza, la lettera che annunciava che mi avevano preso a fare l'Erasmus.

Ma in quel momento a me non fregava nulla di andare a Parigi o a Barcellona per sei mesi.

Andai dal mio professore di cinema e gli dissi:

– Non lo so se voglio andare a fare l'Erasmus ma se proprio devo, avrei pensato di farlo ad Amsterdam.

Lui mi guardò nelle palle degli occhi troppo rosse e lucide e mi disse:

– Col cazzo che te vai ad Amsterdam.

Ci pensò qualche giorno, fece un paio di telefonate e mi annunciò che sarei andato a Birmingham. Che per me rimaneva un'anonima città inglese che non voleva dire nulla.

E in quel momento avevo addirittura deciso di rifiutare. Anche perché quando ero tornato al Macchia a dare la notizia di questa offerta, gli altri mi avevano guardato senza il benché minimo interesse.

Alla gloria e all'impresa, che presuppongono però uno sbattimento, uno sforzo, un cambiamento, preferivano la calma, perfino il tedio di una vita fatta di piccoli immutati piaceri. Questa grandiosità del Regno Unito, questa smania dell'intraprendenza, della competizione, dell'accumulo di ricchezza (fosse pure culturale) la guardavano con sospetto.

(Mentre chiacchieravo con loro mi tornava quella sensazione di disagio che avevo avuto durante tutta la mia infanzia e adolescenza quando qualcuno parlava davanti a me degli inglesi, mentre fra una chiacchiera e l'altra rimbalzavano da uno stereotipo all'altro – gente tendenzialemente noiosa, imbranati con le donne, con un umorismo troppo sottile, intenti a bere nice cups of tea at five o' clock. Davano per scontato che fossi solo pisano o comunque italiano, mentre io sentivo il peso del mio cognome che tradiva la mia estraneità, e sentivo una parte di me che voleva prima reagire con orgoglio a queste offese, poi negare di essere britannico.)

E questo senso di rivalsa e superiorità nei confronti dell'Inghilterra si tramutava in un odio quando si arrivava al calcio. Non ce n'era uno che non odiasse l'Inghilterra. Forse perché gli inglesi avevano comprato mezzo Chiantishire, forse per i conflitti mondiali precedenti, forse per un ricordo della rabbia mussoliniana contro la perfida Albione.

E a sinistra, che era l'ambiente che interessava a me, c'era il problema opposto: e cioè che l'Inghilterra era vista come una nazione che non ha mai fatto una rivolta seria, sempre a mettersi d'accordo per fare le cose con garbo (se ci fosse da fare una rivoluzione prima si metterebbero ordinatamente in fila uno dietro l'altro), scusi, prego, mica possiamo cambiare, magari limare, questa legge iniqua? Cromwell in confronto a Lenin, Robespierre, ai partigiani sembra uno scolaretto, e infatti a forza di chiedere prego, scusi, sarebbe mica possibile... hanno ancora là il re e la regina.

Nel duemila stanno ancora dietro a quelle buffonate di parate e corone.

E poi chi è che ha partorito il mostro del nostro tempo? In fondo gli Stati Uniti non sono che l'Inghilterra portata al parossismo, e nemmeno che ne prenda le distanza, no ci tengono a esserne fieri e servili alleati (direte – anche l'Italia – e infatti il toscano schifa anche l'Italia), pensano di non essere geograficamente in Europa, a nord della Francia, pensano di essere un'isola in mezzo all'Atlantico, più vicini all'America che all'Europa, ancora nipotini di un impero dissolto a cui si aggrappano per motivi completamente futili e d'immagine, come quella immensa cazzata delle Falkland.

E così tutti a tifare Argentina, in guerra certo, ma ancora di più durante i mondiali, quando Maradona prima scartò tutta la nazionale inglese e poi fece gol di mano.

Apoteosi.

La classe, l'inventiva e la furbata. Il succo di vizi e virtù latini contro l'alterigia anglosassone.

A questa valanga antinglese si sarebbe dovuta contrapporre la figura paterna. Che però non era proprio un esempio di glamour, con i suoi libri, con il suo studio dove stava chiuso a sgobbare duro, a scrivere e leggere per un lavoro in ombra, sottovalutato, che perdeva prestigio ogni anno di più – e che oltretutto aveva per l'appunto scelto di andarsene via dall'Inghilterra e venire a Pisa. Confermando che Pisa e la Toscana erano il miglior posto dove vivere al mondo.

Insomma, io l'Inghilterra non la capivo, la snobbavo, mi stava antipatica se non altro perché con questo nome e cognome che avevo stampato come un marchio sulla mia esistenza la vita era stata un continuo giustificarsi.

Quando mia madre (perché anche mia madre mi parlava in inglese) mi doveva rimproverare davanti a tutti, usava quella lingua straniera che iniziai a odiare.

Un giorno dissi a lei e al mio daddy: non mi parlate più in inglese. Non sono diverso dagli altri. Io sono pisano.

E comunque: perché mai andare in Erasmus in Inghilterra? E proprio adesso, poi, che il Macchia era antenna e parafulmine, porto e rampa di lancio, festa continua, incarnazione del sogno lucido?

C'era la festa del raccolto, c'era da organizzare l'ultimo space party prima delle feste natalizie. Riunire tutti i dj che avevamo fatto suonare e chiamare un ospite speciale, fare insomma le cose in grande, tappezzare di manifesti la città, appendere uno striscione su Ponte di Mezzo, affittare uno di quei fari che proiettano la luce in cielo, contro le nuvole, verso le stelle. Così ci avrebbe visto tutta la città, da piazza dei Miracoli all'aeroporto, fino a Cisanello.

Salimmo sul tetto del Macchia, con la prolunga di un filo elettrico che passava da una finestra e lo fissammo nel punto più alto dello stabile.

Mentre i bassi avrebbero scosso le mura del Macchia, mentre i fischietti avrebbero ritmato il rito dionisiaco, tutti avrebbero visto quella luce rossa solcare il cielo a ritmo, e perfino Ilaria, passeggiando per Pisa, avrebbe letto i manifesti, lo striscione sul ponte, e la sera si sarebbe affacciata sul balconcino di camera sua (avevo saputo che si era lasciata con il tipo ed era tornata ad abitare da sua madre) e avrebbe visto il raggio rosso sulle nuvole basse sopra il Macchia, e sarebbe arrivata da me.

E mentre ero lì sul tetto del centro sociale, osservando la città da quel punto di vista privilegiato, guardando verso Cisanello, intravedendo la schiera di palazzi moderni e anonimi dove abitava, mi sono bloccato, spaventato dal mio pensiero.

Aspetta un secondo.

Quindi la mia ossessione per il Macchia Nera non è stata che un trucco per presidiare il posto dove poteva tornare lei?

Ero diventato come quelli che abitano in una città per nessun vero motivo e poi, chiedendo e richiedendo, scopri che là avevano trovato anni prima il loro ultimo amore maledetto o meraviglioso che non hanno ancora rimpiazzato, e quindi presidiano quell'ambiente, quella città, perché credono, se non di riconquistare quella stessa persona, almeno di incontrarne una simile, di ricreare le condizioni perché riavvenga quella magia che hanno vissuto tempo addietro?

Sì, ma peggio. Perché non solo l'avevo presidiato, quel luogo, ma mi ero speso per cambiarlo, per farne l'antenna di quella città, che avrebbe richiamato i suoi amici e soprattutto lei. Ma allora non ero stato risucchiato da una sindrome alla Jay Gatsby? Non ero come il personaggio di Fitzgerald, che compra la villa dall'altra parte della baia, e accende la luce verde per farla tornare a lui?
Ero davvero arrivato a questo stadio?

Ero ancora pazzo di lei? Avevo trasposto la mia pazzia dentro il fortino dei pazzi? E ora ero con loro sul tetto a mettere la luce da discoteca verso il cielo per richiamarla a me?

E allora, se veramente era quello che stavo facendo, forse non stavo cambiando nessun mondo. Non stavo facendo nessun passo avanti.

Dovevo solo scappare da Pisa, da questi altri pazzi e da me stesso.

Lo annunciai il giorno dopo agli amici del centro, tornai dal mio professore e glielo dissi: allora Birmingham va bene.

Finii di compilare la domanda, mi comprai vestiti pesanti, un nuovo zaino, e cinque giorni prima di partire, per la prima volta dopo il grande smatto, mi venne paura di una mia scelta. Le lucine stavano esaurendo il loro effetto. Perché se seguendo i punti gialli, blu e neri ero arrivato fino a questo vicolo cieco, come potersi affidare ancora a quella bussola?

Lo confessai perfino a mia madre: mi caco in mano. Non ci voglio andare in Inghilterra, voglio rimanere a Pisa, e lei (credo di sensibilità e furbizia) se la giocò con un: non c'è problema, fa' come vuoi.

Mancava solo una cosa, a quel punto.

Attraversai la tortura del tuu tuu del telefono e, quando rispose, le annunciai: parto per l'Erasmus, faccio una cena con gli altri, al Macchia, per salutarli.

Si preparò una tavolata nel grande salone del centro. Cisco ammazzò il fagiano che aveva rubato alla fiera dell'agricoltura di Pontasserchio, Lellona buttò trecento patate in forno.

Lei arrivò con Viola, un po' in ritardo.

Si sedette nell'ultimo posto libero della tavolata e ci guardammo di sfuggita. Teneva gli occhi bassi, non parlava.

Io la osservavo da lontano e più passavano i minuti e più questo rituale di attrazione sembrava girare a vuoto: lei non si muoveva e io non riuscivo neanche a dirle ciao, perché il rischio era troppo grande, era quello di distruggere una magnifica illusione che mi ero costruito in quei mesi.

Avrei dovuto chiederle come stava, se aveva ricevuto le mie interurbane telepatiche, almeno la lettera simbolica che le avevo mandato, se aveva sentito l'urlo Ilarioooooo!? che aveva invaso l'Italia, parlarle di quel figlio che non avevamo tenuto.

Ma ognuno di quei passaggi era così plateale e allo stesso tempo intimo che come si faceva?

E poi lei era silenziosa, schiva, quasi immobile. Gli altri mi hanno cantato i cori, hanno messo su i Mano Negra, hanno iniziato a battere i bicchieri e le conga con il nostro ritmo.

Lei no. Si era abituata a stare ferma. Lei che si alzava ogni minuto, che rideva forte, che se solo fosse andata in bagno sarebbe stata seguita con lo sguardo e la mente da almeno cinque di noi con la speranza di assaggiarla un'altra volta, stava seduta a testa bassa, come a coprirsi il viso.

Era davvero tutto qui?

Di tutta l'immagine che avevo costruito, di questa proiezione gigante della mia mente, di questo ologramma delle mie paure, aspettative, frustrazioni, non era rimasta che una ragazza, con le sue debolezze? Non mi ero trovato di fronte che un essere umano?

Fuori dal Macchia faceva freddo. Era il trenta dicembre. Ci guardammo negli occhi per la prima volta dopo tanto tempo, ci abbracciammo forte senza dirci nulla. Annusai il suo profumo di bucato che mi aveva ossessionato negli ultimi due anni. Ci salutammo in fretta. Promettemmo di scriverci delle lettere.

Partii.

Dopo dieci anni prendevo un aereo e tornavo là, in quel Paese che per me era come un qualsiasi Paese del mondo, un'anonima nazione del Nord Europa.

Per me Birmingham non aveva nessun particolare significato. Andavo come un depresso va in una clinica. Senza grandi aspettative e con un po' di sforzo.

Quel secondo giorno di gennaio, dopo l'atterraggio, preso il transfer dall'aeroporto alla città, mi trovai da solo in una grigia stazione di autobus. I gradi centigradi erano due, c'era la neve ai lati delle strade, il cielo era una cupola di cemento sulla mia testa.

Pensavo agli altri ventenni come me, al caldo di qualche coffee-shop ad Amsterdam, o a sballarsi nei club sui canali olandesi, o ubriachi di sangria in Andalucia fra le braccia di qualche ragazza spagnola.

Io là al freddo in una media e anonima città industriale del centro Inghilterra, con delle valigie spropositate e senza la più pallida idea di dove andare.

All'ufficio amministrativo dell'università mi accolse un tipo gentile, con un vago senso dell'humor, ironico senza sforzarsi.

Con tatto mi fece delle domande: capì chi ero, da dove venivo e mi chiese se volevo andare in una casa dello studente più piccola o di prestigio, o in una molto più grande e popolare, che si chiamava Griffin Close e, tra l'altro, deteneva un primato: era la casa dello studente più grande d'Europa.

Poi mi chiese se volessi andare in un appartamento per fumatori o in uno per non fumatori.

E io che fumavo odiavo i posti dove si fumava.

Non sapevo cosa scegliere. Mi venne da confidarmi con quello che non era che il funzionario di un ufficio.

Lui mi ascoltò: se vai in quello non fumatori magari fumi di meno. Magari dopo un po' smetti.

Giusto. Dissi.

Lo salutai già più tranquillo, uscii in strada e salii sull'autobus con il mio borsone e il mio zaino in spalla.

Mi sedetti al finestrino e provai a guardare fuori. Non c'era niente da vedere. Solo case senza personalità e strade uguali l'una all'altra.

Dopo un paio di fermate mi accorsi però che stava succedendo qualcosa di strano: tutti i passeggeri, al momento di scendere, sfilavano davanti all'autista e gli dicevano:

– Cheers driver.

Gli dicevano grazie senza nessun motivo, o almeno, senza alcun ritorno o convenienza.

Arrivato alla mia fermata, mentre scendevo dall'autobus, presi coraggio e, passando davanti a lui, dissi anche io:

– Cheers driver.

Quello mi fece un cenno come a dire: prego, e di colpo mi sentii a casa.

Nell'appartamento del Griffin Close portai ai miei flatmates l'abitudine di coltivare piantine di basilico sul davanzale della finestra, di fare concerti con gli strumenti della cucina e stendere la biancheria su fili attaccati agli alberi del giardino comune della casa.

Loro mi fecero sentire BBC Radio 1, vedere Channel Four, lo snooker, mi spiegarono il rugby e i segreti del rituale del pub.

Durante tutte le discussioni, anziché l'affossarsi vicendevole della Toscana (grande vaccino contro spocchia e presunzione, ma freno a mano per qualsiasi impresa), c'era il motivarsi e sostenersi, questo senso pervasivo che si può riassumere con un saluto, che per me era e rimane il più bello, quasi una formula magica che avrei potuto usare durante il grande smatto (a pensarci bene, non era nient'altro che la traduzione di "vogliti bene") e cioè take care – che è la forma accorciata di take care of yourself. Abbi cura di te stesso.

E questo era quello che tutta la nazione ti continuava a dire, sussurrandotelo in tutte le maniere.

E un giorno, dopo che avevo cucinato una sontuosa pasta alla Norma per tutti, ci sedemmo davanti alla televisione per un momento di relax digestivo e partì, in prima serata, un documentario della BBC.

L'idea era questa: siccome non si possono fare studi comparativi esatti sugli effetti delle sigarette perché il DNA di ognuno è diverso da quello di un altro, noi della BBC abbiamo trovato due gemelle omozigote (ti mostravano le due sorelle a diciotto anni, perfettamente identiche) che all'età dell'università si sono separate. Una è andata a Bristol e l'altra a Manchester.

Quindi è successo che, avendo frequentato amicizie e città diverse, una delle due a diciotto anni ha iniziato a fumare e l'altra no. Seguivano la loro vita, con interviste e foto, e poi ti facevano vedere le due gemelle al presente, a cinquantacinque anni. E, oltre a dirti che una delle due aveva un cancro alla gola, te le mostravano accanto, e quella che fumava sembrava avere dieci anni più dell'altra.

A puntellare questo shock, sulle radio andava in heavy rotation *I Wanna Be Old Before I Die* di Robbie Williams.

Era come se tutta quella follia lucida dell'estate si stesse travasando in un codice più grande e strutturato, perché quella parte di gentilezza e di cura verso l'umanità scaturita al Pistoia Blues, qui era l'ossatura della comunità: cheers driver, please mind the gap, don't forget your luggage, take care.

Il concetto è, appunto: vogliti bene. E io ti aiuterò. Ti aiuto talmente tanto che poi ti aiuterai da solo.

Da quel giorno, seguendo i dettami del documentario della BBC, canticchiando canzoni forse scritte dal NHS o dall'MI5, leggendo gli articoli sui giornali e qualche terribile rivista per uomini che in Italia avrei schifato, ho iniziato un graduale stop del fumo: prima ho comprato il tabacco al posto delle sigarette, poi mi sono imposto tre cicche al giorno poi due poi una e poi basta, solo qualche canna alle feste, ma con moderazione, perché comunque anche quelle erano fatte col tabacco, e poi io nel calderone della pozione magica ci ero cascato da piccino, come Obelix.

Insomma, dopo altri mesi, ho detto basta anche a quelle.

E poi vitamina C, integratori naturali per ristabilire la serotonina, tecnica del respiro calmante, mezz'ora di corsa tre giorni alla settimana, pesi per i muscoli, tè verde, pasta e pane integrale, e tanta tanta acqua.

Droga base acqua.

Smettendo di fumare le canne riniziai a ricordarmi i sogni. Ogni notte ero scosso da una tormenta onirica, a volte i sogni erano chiari come una segnaletica stradale, a volte ermetici e stranissimi, vivi di immagini meravigliose come fiordi fatti di librerie e case costruite su pali della luce e animali stranissimi e a volte inquietanti alla Francis Bacon. Insomma, erano così costanti e variegati che iniziai a scrivere un diario, anziché di cosa mi succedeva durante il giorno di cosa mi succedeva di notte, nel mio inconscio che si risvegliava.

Ogni mattina prima di fare colazione scrivevo tutto quello che mi ricordavo. Una delle costanti dei miei sogni era il volo. Le prime notti correvo, saltavo, provavo con dei balzi sempre più alti ad arrivare in cielo. Ma tornavo a terra subito, a volte rovinando al suolo o in dei cespugli.

Poi un giorno, durante un incubo, rincorso dalla polizia e da zombi, riuscii a spiccare un balzo più grande e finalmente iniziai a volare, a vedere dall'alto scogliere a picco sul mare, praterie, cavalli che correvano in mezzo alla steppa. Sentivo il vento fra i capelli, la sensazione di vuoto sotto il petto. Ero libero.

Una sera decidiamo di uscire e andarci a bere una cosa al Soash. Il Soash era il social center della nostra accomodation house.

Griffin Close era un complesso di edifici tristi e distrattamente sparpagliati su un prato verde, con un erbetta rasa come un tappeto di biliardo, alberi qui e là, e nel mezzo della struttura un centro sociale (certo molto diverso dal mio Macchia Nera) chiamato Soash, con il pool table, le freccette e le birre.

Mi siedo a un tavolo con la mia London Pride. Non c'era tanta gente – era un lunedì o un martedì, un giorno inutile. E succede che a un certo punto, dal nulla, si siede davanti a me una ragazza e mi fa:

– Hi.

E io:

– Hi.

E lei:

– What's your name?

Era una ragazza alta, fit, boccoli rossi e occhi verdi e lentiggini spruzzate sulle gote, insomma una delle più belle che avessi mai conosciuto. Non era ubriaca, non era a pezzi, non era drogata, e mi si era seduta davanti e mi aveva chiesto il nome.

E io le rispondo:

– Roan.

E lei:

– Lucy, nice to meet you.

(E rimango un secondo interdetto, perché mi sorge il dubbio che ad avere la lucidità sufficiente sarebbe potuto sembrare che questa tizia ci stesse provando.)

Adesso anche in Italia i riti del baccagliamento stanno cambiando, ma per me, a quel tempo, era successo che un disco volante era atterrato là nel piazzale di asfalto dietro la segreteria, ne era uscita un'aliena dalle fattezze di bellissima ragazza, che aveva girato dietro il caseggiato per raggiungere la porta del pub, era entrata, aveva preso una birra e ora mi stava parlando.

E infatti lì per lì ho rischiato di stallarmi in un silenzio lunghissimo e imbarazzante.

E solo quando lei mi ha chiesto da dove venissi, sono riuscito a balbettarle:

– Dall'Italia. Infatti Roan è proprio un typical italian name.

Riuscendo a fare la prima battuta allo scadere del tempo di recupero.

Poi subito a precisare, che però ero nato a Londra, che mio padre era inglese.

Per la prima volta orgoglioso.

Parliamo un altro po', ci troviamo in sintonia, è simpatica, si ride, si scherza, e ci diamo appuntamento al giorno dopo.

Esco dal pub con grande sicumera e senso di vittoria, un'adrenalina che dura il tempo della passeggiata fino al mio appartamento.

Appena rientro nella mia stanza capisco che per me è troppo bella e io troppo fragile, lei sicura tanto da andare in un pub e provarci con uno sconosciuto, io impaurito perfino di richiamare la mia ex.

Non ero all'altezza. Pensavo che non fossi abbastanza bello, che in realtà volesse solo essermi amica e ci avrei sbavato dietro per mesi, o al contrario che non voleva farsi altro che una bella trombata e allora di fronte a tale bellezza non mi si sarebbe nemmeno rizzato.

Mi presentai con una bottiglia di vermentino maremmano che avevo trovato nella sezione tastes of Italy di Sainsbury, e una piantina di violette.

Ero dovuto arrivare a Birmingham per provare a intrecciare i migliori lati dei miei genitori. Finalmente quei due poli opposti si ritrovarono per un raro momento di grazia.

Abbiamo chiacchierato, bevuto, ci siamo baciati, e nei giorni dopo siamo finiti a letto, con esiti altalenanti, ma era un dettaglio a quel punto – il punto è che Ilaria scomparve dalla mia mente per un black out di qualche ora o giorno, il primo fotogramma buio di una dissolvenza a nero.

Vedevo solo i lati positivi dell'Inghilterra.

L'illusione del grande smatto, l'allucinazione su mio padre tracimavano dentro il contenitore di una nazione intera che ne aveva preso le sembianze; i simboli che vedevo erano un percorso come i puntini da unire nella "Settimana enigmistica", che ti mostrano il disegno solo alla fine.

La mia parte inglese era un liquido più denso e pesante, come un fiume carsico che aveva attraversato il sottosuolo della mia formazione e stava per tornare fuori alla prima apertura.

Il cordone ombelicale con questa seconda nazione era stato reciso troppo presto, quando ero ancora bisognoso della protezione della pancia materna, e ora ci tornavo in un nuovo stato di debolezza psicologica. Ero di nuovo un fuco privo di autonomia, ed ecco che mi ero affidato come un neonato, mi ero fatto adottare senza accorgermene perché, come fa mio padre, anche l'Inghilterra viaggia per understatements.

E più ci entravo lentamente, più mi ci incastravo meglio, in questa nuova enorme allucinazione.

Poi andai a Londra per tre giorni.

E quello che era entrato di soppiatto esplose.

Forse perché qualche neurone della memoria sepolto dalla nascita si riaccese e si riagganciò agli odori, ai rumori, all'aria della città dove ero nato.

Londra mi ricordò che la terra era più grande di quello che avessi visto, aveva più potenzialità e contraddizioni di quello che mi immaginavo, l'ideologia che mi aveva sorretto non comprendeva il mondo nuovo che stava arrivando.

E volevo esserne all'altezza.

Cosa si deve fare? Studiare, lavorare, correre, andare in palestra? Avere più coraggio?

Voglio essere dei vostri, voglio rincorrere anche io il futuro orgiastico che arretra davanti a noi giorno dopo giorno.

Dentro Londra ritrovavo un'altra metà di me, inconscia, dormiente, simmetrica e opposta, come se mi stessi guardando in uno specchio.
Mi sentivo in colpa per averla disdegnata, e non mi sentivo all'altezza della sua modernità e grandezza. Pensavo di non meritarmi una piena cittadinanza nella nazione che avevo scordato per così tanto tempo.

Non avrei mai immaginato che, una volta preso quell'aereo per l'Inghilterra, sarei stato sempre dalla parte sbagliata della Manica: quando in Italia, sarei voluto tornare in Inghilterra, quando in Inghilterra, avrei rimpianto l'italia

E per un attimo il paradosso si chiuse ed ebbe la sua quadratura del cerchio.

Appena tornato dall'Erasmus andai a rimettere il mio passaporto britannico nel cassetto dove conservavo le cose inglesi e trovai una lettera della mia granny intestata:

9 Springfield Road St John's Wood London, N.W. 8

e poi la data:

October 1986

E c'era scritto così:

Dear Roan,

I am sad that I shall not see you again (sapeva che sarebbe morta da lì a poco e che io non sarei riuscito a salire per un'ultima volta a Londra), *this letter is to wish you a very happy life and a good one. I hope you find something to do when you grow up that you will find fulfilling and satisfying – and that you will have many good friends like daddy.*

Perhaps one day you will be able to spend some time in England and to know your other country.

With much love. Granny.

Possibile che in tutto questo tempo non l'avessi mai trovata né letta? Possibile che questa lettera si fosse nascosta così bene e così a lungo per poi farsi trovare nel momento in cui la potevo capire?

Era la chiusura di un ciclo, la benedizione di quella nonna che aveva racchiuso per anni tutto il mio disprezzo per quella nazione.

E, tutto sommato, ero ancora in tempo per rifarmi: ribaltando l'ordine che avevo dato ai miei a dodici anni, gli dissi di non parlarmi più in italiano. From now on, just speak in English.

E dopo una settimana, a una festa a un retone sull'Arno, uno dei miei amici approcciò una ragazza delle Midlands. Lei non parlava italiano e il mio amico non parlava inglese, quindi la presentò a me. Si chiamava Jenny May e veniva da Hereford.

Parlammo per ore di fila: avevamo gli stessi interessi, gusti, umorismo. Passai un'estate da innamorato, e da quel momento sarei andato spesso da lei, avrei vinto una borsa di studio per scrivere la tesi a Londra, mi sarei trasferito da suoi amici ad Hackney. Iniziai a insediarmi nella mia seconda nazione come mia nonna mi aveva chiesto.

Questo sentirsi parte della Gran Bretagna in quanto proiezione di mio padre (che era un membro eccellente e di punta di questa comunità) era una sorta di motore interno, nei momenti di lucidità, o esterno, nei momenti in cui mi facevo solleticare di nuovo dal sogno a occhi aperti, dall'ipotesi che agenti dell'MI6 mi seguissero, mi aiutassero, mettessero dei sassolini, dei simboli per segnalare il golden path di una vita retta e migliore, preparatoria del grande successo planetario.

Ogni volta che in uno stadio vedevo una Union Jack fra i tifosi pensavo che fosse un reminder per me e gli altri confratelli.
Se su un muro di Pisa c'era scritto "And You'll Never Walk Alone" mi sentivo di appartenere a una enorme setta manifesta e segreta che mi avrebbe aiutato.

Avevo ripreso a lavorare, a studiare come mai in vita mia. Dovevo laurearmi presto e quindi studiavo, dovevo mantenermi lucido e quindi bevevo pochissimo e non fumavo, dovevo vivere a lungo e quindi mangiavo salutare, correvo, facevo esercizi, andavo prudente in macchina.

E così l'antiparanoia del caos si era trasformata nella condivisione dell'ideale anglosassone del successo, della performance – l'espiazione e la rinascita attraverso il lavoro e la convinzione. Johnsons never surrender. Full power to your elbow.

Quante opere d'arte sono state create così? Quanti condottieri c'hanno vinto le guerre? Gasandosi e gasando i propri sodali o soldati?

Dio è con noi. In hoc signo vinces.

È il think big degli americani, è scientology del making the able more able, è Allah Akbar.

Quindi io, piccolo uomo, in mandato per lui, in delega sua, farò grandi cose.

(Il problema è che si viene a sapere solo di quelli che ce l'hanno fatta, si viene a sapere di Maometto, Steve Jobs e san Francesco ma mai di quelli che hanno fallito e ce ne sono diecimila per ogni Steve e un milione per ogni Maometto che hanno preso le sberle e la loro invenzioncina del menga se la sono data nei denti o che sono stati rinchiusi con un TSO o bruciati in una pubblica piazza.)

E l'ironia della cosa è che smettendo di drogarmi, di fumare, di perdere il mio tempo, puntando al trionfo e alla performance, lavorando sodo, ho pensato: sono diventato sano. E invece avevo solo cambiato forma di dipendenza, rimpiazzando la droga con l'approvazione, con la dipendenza dal successo e dal narcisismo.

E a rivedere quel tipo di percorso mentale, ripensare certe cose sull'Inghilterra e su mio padre è anche ammettere quanto lui per me fosse un modello, quanto l'avessi idealizzato. E quanto fosse resistente quell'illusione di un padre supereroe, di un padre nazione e dio, provocata da un gioco di specchi delle mie psicosi.

E come sia sorprendente che scampoli di questa allucinazione siano arrivati fino alla più grande prova di negazione di questa assurda teoria.

Che abbiano resistito fino a quando, diversi anni dopo l'Inghilterra, mi sono trovato di fronte, di notte, in una sorta di duello shakespeariano o sofocleo, quel padre che non si era accontentato di perdere due case e il quinto dello stipendio, ma aveva preso perfino quei soldi dell'eredità di mia nonna che mi ero portato dietro per tutto il grande smatto, e li aveva investiti nella truffa di alcuni derivati di una finanziaria di Hong Kong che prometteva ricavi miliardari.

E davanti a me che lo incalzavo, in quel momento in cui stavo finalmente per mettere in atto uno dei passaggi più crudeli verso la maturità e cioè l'uccisione della figura paterna (e da quel momento sarei diventato io padre di lui e mai più il contrario se non per alcune questioni secondarie), arrivò a dirmi, con la voce rotta, che aveva la leucemia.

Come difesa per il suo furto, la sua disfunzione psicologica, si era parato mettendo di fronte a me l'unica cosa che non avrei potuto attaccare. Simbolicamente era come dire: sono già morto, non uccidermi un'altra volta.

E come continuare a credere adesso a quel padre che mi aveva sì protetto da tutto il dolore del suo male, ma lo aveva tirato fuori nel momento peggiore, come ultima difesa, come scudo ricattatorio?

Davanti a quel padre ripiegato su se stesso, inerme, che anziché dare soldi al proprio figlio glieli aveva rubati, potevo ancora illudermi che stava recitando all'interno della grande strategia di formare il proprio figlio perfino attraverso l'uccisione di se stesso?

Ero arrivato al confine della fantasticheria, ero il bambino che grida il re è nudo, Truman che fora con la barca il telo del suo set, avevo varcato il limite del sogno a occhi aperti della schizofrenia. Non c'era modo di credere a una cosa del genere.

È stato allora che ho capito che se questa idea di padre e di sistema si era rivelata un sogno che si automangiava, non poteva più funzionare come rassicurazione.

Sarà stato che questo processo di trasformazione ha avuto successo finché è rimasto nascosto, finché questo fiume carsico è rimasto sotterraneo e ha mosso le macine del mulino bianco dell'appagamento personale, ma da quando è venuto a galla con tutte le sue contraddizioni ha portato all'esondazione del mio ego, allagando testa e cazzo, bloccandoli per sempre in questa forma di depressione, di impasse da prestazione in una palude di sabbie mobili?

Sarà stato che quando ho iniziato ad avere successo è venuto a mancare il senso? Che finché si è proiettati verso una meta non ci si chiede altro, ma arrivati vicini ci si inizia a domandare perché tutto questo?

Rileggendo adesso tutta questa sequela di avvenimenti, mi viene da ipotizzare di essere entrato in un'altra patologia molto più infingarda e camaleontica.
Forse non me ne sono accorto perché dopo il grande smatto (che era stato così spettacolare) la depressione non la riconoscevo, essendo così discreta e ingannevole.

(E non è buffo che mi vergogno più adesso a stare chiuso in casa con le pantofole ai piedi, ancora in pigiama dalla mattina, di quando ero a pipo all'aria a gridare Ilariooooo in mezzo a tremila persone?)

La questione delle droghe è stata uno specchietto per le allodole, perché almeno era un'attività stigmatizzata dalla società. Un'attività illegale, che poteva far male – e anche se non era la causa, almeno era un sintomo chiaro.

La mia patologia si è riallineata al virus della psicosi contemporanea, si è imboscata nella giungla dei miei supposti successi professionali, sentimentali e sessuali, terreni di conquista e di conferma della mia grandezza.

Già tanto che ho avuto il grande smatto – ah! di nuovo! – possibile che il mio disturbo schizofrenico mi abbia fatto entrare dentro una pelle che finalmente era la mia, che almeno la pazzia fosse uno strumento per surfare sulla corrente del presente, al posto di quella del passato?

3
LA NONA

Non lo so. E non so comunque in cosa possa essermi d'aiuto saperlo.

So solo che due mesi e mezzo dopo la prima terribilità, otto settimane dopo la seconda dentro la risonanza magnetica, cinque dopo l'umiliazione dell'aereo, due dopo la mia visita in psichiatria, decido di prendere coraggio e andare a ritirare il risultato della risonanza interrotta.

Ero a Roma, mi avevano chiamato dall'ospedale dicendo: guardi che qui abbiamo ancora il risultato della sua analisi.

E così mi è risalita l'ansia. Oramai avevo deciso che basta, era evidente che non avessi nessun tumore. O comunque meglio non sapere, visto che altri segni non c'erano stati. Mi ero autoconvinto come nella mia migliore tradizione.

Insomma all'ospedale ritiro queste grandi lastre trasparenti dove fluttuano misteriosi disegni e ombre impressi dalla macchina su una lastra. Una sorta di fondo di caffè che a me rimane completamente oscuro, ma che fa sentenziare al mio medico di base e alla psichiatra: qui non sembra esserci nulla.

Tutto nella testa, c'hai. Ma non noduli di cellule ribelli, quanto piuttosto nervi annodati male, canali psicologici che si sono ingorgati per qualche fogna otturata.

Quindi in teoria c'era da festeggiare. E siccome ci era arrivato un invito per un concerto della *Nona* di Beethoven in Sapienza, avevamo deciso di uscire.

Io la *Nona* la amo. Ho seguito un ciclo di lezioni, ho letto come la critica massacrò Beethoven dopo la prima, che salto culturale e mentale è stato per l'Occidente.

Non voglio fare il grande esperto di musica classica. Ai concerti ci vado come a cena con amici enologi: so che non posso capire quanto un vino sia buono o perché. Non ne ho gli strumenti, quindi chiedo a loro di spiegarmi un po' e alla fine la prendo come viene.

Quando invece guardo un film o leggo un libro, non lo faccio più per gusto personale. Lavoro. Ed essendo un'attività che rientra in quella sfera, non c'è godimento ma competizione e performance. La mia è la disamina di un medico che osserva un cadavere all'obitorio.

La sospensione dell'incredulità per me non arriva mai, il piacere non mi raggiunge, la mia è un'autopsia per studiare come avrebbero potuto salvare il moribondo, quali cure e medicamenti avrei applicato.

Invece con la musica posso lasciarmi andare, ballare *Sex Bomb* e cantare *Vita spericolata*, godere di una *Nona* di Beethoven fatta da semidilettanti di fronte alla quale qualsiasi musicista uscirebbe deluso e un po' schifato, posso gasarmi per un Sangiovese di terza fascia, emozionarmi per una partita del Pisa.

Quindi questa della *Nona* mi sembra una buona ragione per uscire dopo giorni e giorni di dosi a crescere di Daparox e di bottiglietta di goccine sempre in tasca per le emergenze.

Ne avevo parlato anche con la psichiatra dal camice bianco che mi ha detto: certo che devi andare.

Anche perché il Daparox ancora non sembrava aver prodotto quel sorriso da copertina che cercavamo. E mi ha spiegato che un'uscita positiva poteva aiutare il trigger dello psicofarmaco e far partire quella risalita dell'umore.

E comunque in tasca avevo anche la guardia del corpo dello Xanax a proteggermi.

Le sicurezze c'erano tutte, insomma, mancava la motivazione. Perché incontrare altri umani? Per quale ragione? Tra l'altro in Francia ci sono stati gli attentati a Tolosa contro dei militari e degli studenti. Sette morti e cinque feriti.

E però, a maggior ragione, non dovevo rimanere in casa. Mica posso iniziare ad avere paura anche degli attentati?

Quindi ci prepariamo: mi tolgo finalmente tuta e pantofole per mettermi jeans e camicia e partiamo da casa in motorino con Ottavia e altri due amici. Parcheggiamo fuori dall'università e ci accodiamo mansueti a questo gregge sparso di persone che ci porta verso l'aula magna da dove arrivano i suoni degli strumenti che vengono accordati. Ci mettiamo in fila per entrare insieme a questa folla di studenti e professori.

E mentre siamo lì schiacciati per le scale che saliamo insieme agli altri, vedo un po' di metri più in là un ragazzo con un vecchio zainetto Invicta nero e argento, lo stesso zaino e lo stesso colore che avevo io negli anni Novanta, quello zainetto che avevo usato a Padova per bloccare il consiglio comunale che stava per votare l'abbattimento di trenta alberi in un parco del centro per farci un garage per un condominio di lusso.

Avevamo costruito una bomba finta con delle candele legate dallo scotch e una sveglia da letto con dei fili elettrici che spuntavano minacciosi.

Il finto ordigno me lo misi nel mio zaino Invicta perché ero il meno conosciuto in città. I più anziani mi dissero: se ti ferma la Digos mentre entri di' subito che hai la bomba finta dentro lo zaino perché se ti perquisiscono si prendono un colpo e ti ammazzano di botte.

Parto col cuore in gola, attraverso l'entrata del comune con il mio Invicta in spalla sfilando davanti a due poliziotti che mi guardano strano ma non mi chiedono nulla, seguo le indicazioni che mi hanno dato e arrivo alla porta del bagno. Dentro c'è solo un signore che si lava le mani. Mi chiudo dietro la porta del cesso, aspetto che quello esca e piazzo la bomba in modo che spunti quel tanto che basta dalla busta.

Non ci fu nemmeno bisogno di fare la classica telefonata "sgombrate l'edificio che c'è un esplosivo...", perché un dipendente andò a pisciare in quel bagno cinque minuti dopo che ero uscito io, vide il finto ordigno e se ne scappò con i pantaloni abbassati alle ginocchia urlando scappate, scappate, c'è una bomba!

E così mentre sono là in fila per entrare al concerto (uno poi dice il karma) inizio a immedesimarmi con un ipotetico terrorista islamico, e penso che se fossi in lui sarei venuto proprio qui, stasera, in Sapienza. Non mi controllerebbe nessuno, non c'è uno straccio di vigilanza o polizia, molti studenti hanno uno zaino quindi posso portarne uno pieno di esplosivo senza che nessuno mi noti, poggiarlo a terra di soppiatto e andarmene, o addirittura dire a chi mi siede accanto: vado un attimo al bagno, mica che me lo guardi un secondo?

Gliela faccio sentire io la gran cassa a questi coglioni che suonano Beethoven. Vedrai che botto a tempo vi faccio. Che senso del ritmo e della maestosità.

Chi va dicendo in giro che odio il mio lavoro non sa con quanto amore mi sono dedicato a fissare il timer in modo che proprio sull'*Inno alla gioia*, sull'incipit del coro dell'*Inno dell'Europa*, si arrivi al boato vero e simbolico, attacco al cuore dell'Occidente, della cultura, la parte che dovrebbe essere più sana di questo sistema malato: la Sapienza, l'università. Te lo riscrivo io il simbolismo di questa Europa infedele e ipocrita.

E, finito di salire le scale, mentre mi siedo davanti all'orchestra che sta accordando gli strumenti, rifletto che in effetti è proprio così – è perfetto – e più ci penso e più me ne convinco, e più me ne convinco e più il respiro diventa affannoso e il battito del cuore veloce, e quindi mentre il concerto inizia, ripeto l'errore che feci nella risonanza: lì aprii gli occhi, qui guardo quale sia l'uscita di sicurezza più vicina, e così mi accorgo che sono nella merda, che sono in mezzo a una fila centrale, nel posto più lontano dalla salvezza e quindi, anche se la bomba esplodesse sul lato della sala, sarebbe difficile scappare, verrei calpestato dalla folla in fuga, schiacciato contro un muro o a terra. E anche lasciando perdere la bomba, se a un certo punto mi prendesse davvero l'ansia di dover andare via, se arrivasse un nuovo attacco di panico, dovrei far alzare tutti in pieno concerto.

E allora mi accorgo che non c'è da sbagliarsi: l'attacco di panico sta veramente salendo di nuovo, ormai lo riconosco: ce l'ho in punta, e nonostante mi ripeta che non è come in aereo – che qui posso alzarmi quando voglio, uscire in qualsiasi momento dalla sala e dall'università – so che finirà male.

Non provo neanche la tecnica Panagulis, o quella del respiro calmante, semmai dovrei prendere le goccine, quelle sì, le goccine magiche che spianano ogni tipo di ansia e panico. Ma non qui, non davanti a tutti.

Prendo la mano a Ottavia che mi guarda e capisce subito che c'è qualcosa che non va, e infatti mi chiede:

– Come va?

Che in realtà vuol dire: non stai bene?
E io le rispondo:
– No, tranquilla.
Che in realtà vuol dire: sto a pezzi.
E lei mi fa:
– Vuoi farti un giro?
Che in realtà vuol dire: ti vedo male, forse è meglio se ti prendi le goccine e ti calmi.
E io dico:
– Ok.
Che vuol dire ok.
E poi lei mi chiede se voglio essere accompagnato e io scuoto la testa e le dico no, stai qui non ti preoccupare, e prendo un respiro profondo perché ormai mi tocca e mi alzo e tutti quelli della fila mi guardano come a dire: ma proprio adesso? E io non li guardo nemmeno, ma per confermargli che sì, proprio adesso, faccio qualche passetto avanti in modo da fargli capire che tutta la gente fra me e le scale si dovrà alzare.
Sono tutti scocciati. Ma dopo l'aereo ho una certa esperienza in questioni di figure di merda.

Raggiungo le scale, salgo verso l'alto dove la sala a semicerchio finisce su una terrazza. E mentre salgo provo a pensare all'effetto benefico delle goccine che mi faranno dimenticare dell'attentato, della bomba, dell'essere in gabbia nel mezzo della gente eccetera. Però penso anche che se mi faranno dimenticare dell'attentato, della bomba, dell'essere in gabbia in mezzo alla gente eccetera e invece l'attentato e la bomba ci saranno davvero, io posso pure stare sereno ma poi esplodo come tutti gli altri. E alla fine, di morire con il sorriso e il senso di calma nel petto cosa minchia me ne faccio?

Non si esce da questo paradosso: in un mondo di merda non è meglio essere depressi? Almeno si fanno i conti con la propria situazione di merda, non si fa finta che tutto vada bene perché in effetti non è così, e magari poi ne esci e migliori la situazione. In un mondo in guerra non è meglio essere paranoici? Magari ti salvi.

E quindi la domanda successiva diventa: ma questo è un mondo in guerra? Ma questo è un mondo di merda? E il problema è che con questo continuo senso di precarietà e allo stesso tempo di privilegio economico e di sicurezza, la risposta non è né sì né no, e quindi si oscilla fra l'essere nel giusto a essere paranoici e depressi al vergognarsene. Ma allora forse ci sono una depressione e paranoia attiva e a corrente alternata da contrapporre a un'altra di tipo peggiore?

Boh.

Continuo a salire fra le file di gente seduta, pensando che comunque se mi prendo le goccine questo tipo di pensieri non ce l'avrò più, gli attentati smetterebbero di esistere nella mia testa. Quindi appena prenderò queste cazzo di goccine non ci sarà nemmeno più la paura di non aver paura che ci sia l'attentato.

Giusto.

E però: se le goccine con la loro capacità neurochimica ti fanno sparire la paura dell'attentato, e ammesso ma non concesso che l'attentato al novantanove per cento non c'è, forse è davvero giusto stare tranquilli e godersi questo concerto anche senza le goccine.

Perché quell'un per cento lo devi sempre considerare: magari è un incendio, un crollo strutturale dell'aula magna, anche solo un lampadario fissato male che ti casca in testa, un infarto improvviso, una Smartina che va a cento all'ora sulla tangenziale e ti prende in pieno il motorino mentre torni a casa.

Ma appunto, se lo devi sempre considerare non ti godrai più nulla, non vivrai più. Sarebbe come essere già morti.

E mentre formulo questi pensieri che si aggrovigliano in un loop infinito, finisco di salire le scale di questo anfiteatro dentro la Sapienza (senti che bel nome: La Sapienza), e mi siedo sull'ultimo scalino, oltre tutte le sedie e la gente.

Alle spalle mi arriva anche il vento primaverile e Ottavia si volta per guardare se sto bene e io mi sforzo di sorriderle e farle il pollice in su.

E mi accorgo che il rimuginare che di solito porta a dosi più alte di paranoia, adesso me la sta facendo scemare. L'attacco di panico forse sta passando.

Forse è bastato uscire dalla fila di sedie, forse è bastato pensare all'effetto delle goccine, che in fondo non sono altro che un trick per calmare il cervello, e alla fine ho calmato il cervello.

Forse era così semplice.

E se era così semplice allora vaffanculo.

E mentre finalmente vaffanculizzo l'attacco di panico, mi chiedo perché mi sia venuto di nuovo, cosa ci sia stato che non andava questa volta – perché se mi è preso qui mi può davvero prendere dappertutto, perché va bene che la risonanza e l'aereo possono avere delle fondamenta oggettive per il panico, ma qui? Se la paura oggettiva diventano gli attentati terroristici, che qui in Europa avranno prodotto lo 0,001 per cento di morti negli ultimi dieci anni, allora vale veramente tutto.

La musica mi sta calmando ancora di più, le note mi lavano via l'ansia e mi ci immergo dentro, e quando inizia il secondo movimento, il molto vivace, mi gaso anche un po' e i pensieri si accavallano l'uno sull'altro, ancora piuttosto intrecciati ma almeno fluidi e armoniosi, e inizio a chiedermi se nella risonanza il problema era davvero che il tubo in cui mi intubavano era stretto (che certo avrà influito come avranno influito il caffè e i rumori e l'infermiere indolente), ma prima di tutto, non è che avevo paura che mi trovassero un tumore al cervello, che mi dicessero che sarei morto? Non è che quel tubo era la mia tomba? Steso come si entra in una bara, con quelle dimensioni e forme?

Simbolicamente, non mi stavano seppellendo?

Non è che in aereo, con quel ritardo, con quell'allarme per l'altro aeroplano in fumo (averlo addirittura visto, il fumo, i pompieri e tutto) mi era presa la comune paura che l'aereo precipitasse e che morissi? E qui, in questa aula magna, non mi sono alzato perché ho avuto paura che ci fosse una bomba, una smitragliata come negli attentati in Francia?

Non è che, il giorno del mio trentottesimo compleanno, avevo girato la boa, e ormai era più vicina la data della mia fine che non quella dell'inizio?

Intanto l'orchestra ha continuato a suonare la *Nona*, incurante del mio stato e dei miei rimuginamenti, e finito il terzo movimento è arrivato il coro e allora mi sono esaltato: stavo capendo qualcosa, magari una piccola parte di un disegno che rimarrà per lo più misterioso, ma era almeno uno spigolo a cui aggrapparsi, una microepifania nel mezzo del caos.

Che poi certo, ci sono un sacco di altri fattori che hanno contribuito al patatrac, forse anche fisici, e poi c'era anche la componente di non dare noia agli altri, di non essere d'impiccio al mondo, all'infermiere, ai passeggeri, agli spettatori del concerto.

Ma il succo, il centro nevralgico, non era quello?

Non è che adesso che pensavo di avere tutto sotto controllo mi era arrivato sul muso come una sberla l'ultimo e insoluto problema? Quel problema dove confluiscono tutti i rivoli di beghe e casini e gioie e successi, che di fronte a quello scompaiono, ridicoli e infinitesimali?

Ti puoi essere buttato nella famiglia, nel tuo lavoro, nello sport, nei cruciverba, nei videogiochi – per cento ore sei stato a giocare a GTA, a fare shopping, a guardare le partite di calcio, a bere, trombare – ma a un certo punto arriverà: è uno strano mal di testa, un'analisi andata male. Tu hai fatto tutto quello per allontanare il momento in cui busserà alla tua porta e ti dirà: sono arrivata. E come si batte quella paura lì, quell'immensa inculata della morte?

Finito il concerto, Ottavia mi è venuta a raccattare come si fa con il compagno disabile che è dovuto rimanere indietro perché non poteva scendere le scale dell'anfiteatro con la carrozzina.

Ha insistito per guidare lei nonostante la rassicurassi, giustamente si fida fino a un certo punto.

Perché la situazione è questa, dobbiamo ammetterlo: sono su una sedia a rotelle mentale. Non ce la faccio a camminare da solo: ci vuole la carrozzina del Daparox e qualcuno che mi accompagni. Non posso fare gli scalini e non posso andare in motorino, correre per prati, saltare, ballare.

Sono tornato a casa e non stavo meglio di quando ero uscito, anche perché se non ero morto, di certo non mi ero salvato.

L'alien nel cervello era sempre lì anche se le analisi dicevano di no. Stava lì in forma embrionale, nascosto solo da uno strato sottile di tempo acerbo, ma che aveva dalla sua mesi e anni per palesarsi.

E se non fosse quello sarà qualcos'altro: tutto il fumo di plastica che mi sono fumato. Tutte le droghe che mi sono fatto. E l'acqua che bevevamo da bimbi dalla fontana dell'INAM, che poi è venuto fuori che sotto c'erano degli scarichi di non so cosa. E quando ho sniffato il whisky che mi ha bruciato i polmoni? E gli hamburger, pani, formaggi bruciati che ho mangiato a sfare perché nella vita mi è sempre garbata la parte più bruciata di tutto. La parte marcia, quel sapore fermentato, ammuffito, quel gusto di qualcosa che ha passato il suo stadio naturale di maturazione e va oltre, va verso una degenerazione, un degrado della materia e delle molecole. Quello mi è sempre piaciuto.

Ma non voglio farne una cosa personale. Uno poi dice: sei solo un egocentrico. E allora magari ci ripensi: il problema sono io. E via di goccine. E così siamo a posto. Zero a zero o uno a uno e palla al centro. Quello che è. Ma non ho a portata di mano questa soluzione consolatoria. Perché nei prossimi cinque, dieci anni il riscaldamento globale innalzerà di uno o due gradi la temperatura terrestre e quindi via di allagamenti e uragani, scarsità di cibo ma soprattutto di acqua. E i grandi del mondo su cosa si accorderanno? Sul loro minchia di profitto a breve termine. Che gliene frega se fra cento anni la temperatura aumenterà di cinque gradi? E sapete che succede quando aumenterà di cinque gradi? Che se ne va a fare in culo l'atmosfera. E allora lì si ride. Bye bye atmosfera. Rimarranno vivi per un altro po' quei pochi stronzi che avranno avuto i soldi per costruirsi delle capsule con riserve di ossigeno grandi quindici metri quadrati l'una. E penseranno pure di essere dei privilegiati. Poveri stronzi.

E finora da questa nostra stronzaggine ci siamo salvati solo perché era molto difficile fare le cose più stronze tipo una bomba atomica. Materiale, know how, eccetera. Ma adesso che la tecnologia sta crescendo esponenzialmente, quanto mancherà? Due anni, un anno, sei mesi, prima che scopriremo una fusione a freddo, un microonde potentissimo che può distruggere intere città e si farà con del materiale che compri al Bricofer e con delle stampanti 3D. E allora non ci sarà un depresso come me che anziché prendersela con se stesso se la vorrà prendere con la fidanzata, l'amante della fidanzata, gli amici che postano su facebook quanto si divertono, coi ragazzi ai concerti, coi suoi compagni di classe a Columbine, con i ragazzi in Svezia che con la scusa di fare politica sfranellavano in riva al lago?

Ecco. Pensate se un jihadista avesse avuto la sua micro bombetta atomica al posto del mitra, se uno di quei nazisti americani avesse avuto il modo di immettere un virus genetico che, anziché ammazzare le zanzare della malaria, ammazza tutti i neri, gli indiani, o tutti i mammiferi. Scarseggiamo di tante cose nel mondo ma non di gente contenta di sterminarci. E nel futuro ne basterà uno solo, nonostante ne abbiamo prodotti lungo la storia a decine di migliaia di frustrati, teste di cazzo, incarogniti, incattiviti, egoriferiti che sperano di giocare a dio. E quanto contento sarebbe, ognuno di loro, di essere quello che ha estinto la razza umana? Scriverà una lettera, si farà un video con un poster con una svastica dietro, dicendo: cari umani io sono Jimmy Adolf Breivik, l'umanità fa schifo ma grazie a me la elimineremo. Niente applausi, grazie. Come se.

Anzi, nemmeno agli umani si riferirà. Ci odierà così tanto che si rivolgerà direttamente agli extraterrestri, a loro scriverà prima di far saltare tutto: Cari Aliens che atterrerete in questo mondo finalmente deserto di umani dove gli scarafaggi banchettano, sappiate che dovete ringraziare me, il primo che è riuscito ad avere il coraggio di distruggere tutto.

Al contrario di quando vivevo nell'antiparanoia nella mia religione personale e sentivo me e l'umanità invincibile, e tutto sembrava connettersi per una ragione più alta, adesso so che siamo spacciati. Non c'è modo di sopravvivere né io né il resto del mondo. Tutto è inutile e quindi nulla ha più senso.

Mi alzo dal letto senza svegliare Ottavia. Caracollo in salotto, vado alla libreria e vado a cercare fra vecchi diari, biglietti e volantini, prove del grande smatto.

Trovo una foto di me all'Ampollino che guardo lontano, fulminato, un'altra dove ho attorno un cerchio di persone che stavo catechizzando su non so quale teoria.

E poi appunti di diario di quei giorni, e un volantino che avevamo scritto per il Macchia Nera, la brutta di quella lettera che avevo mandato a Ilaria appena prima di partire dall'Ampollino.

Non c'era né data né intestazione, non iniziava nemmeno con Cara Ilaria, ma così:

Prima il caos o l'inconscio, lo sconosciuto, l'irripetibile. Paganini non ripete. Dio nemmeno.

E poi ci fu la luce... o forse prima, comunque all'incirca.

E dopo altre quindici pagine di delirio, che ometto per pena e imbarazzo, finiva così:

All'incirca verso la conca mi accorgo che sono pazzo ma che almeno per un giorno giocheremo fino a diventare babbo e mamma.

Grazie per il pizzicotto, grazie per la buonanotte.

Guerrieri, giochiamo a fare la guerra?
Guerriere, giochiamo a fare l'amore?

Il finale sarà un'orgia liberatoria. Ma questo è un altro film, girato negli stessi luoghi ma altrove nel tempo.

Ho parlato con gli dei, visto il sole che tramontava e risorgeva senza fare il giro, pensavo che ci saremmo incontrati in sogno, talmente sogno che era realtà.

Un orario approssimativo, un appuntamento al buio, fra le palpebre e le pupille.

E così tendere all'immortalità, alla festa continua, a godersi ogni momento, alla ricerca, a guardare il mondo con occhi aperti allo stupore. Ballare. Agire senza preoccuparsi del futuro e di paure passate. Cantare. Vivere una vita degna. Sentirsi connessi con gli altri e il mondo, non manipolare, seguire la corrente amorevole del mondo. Essere generosi. Giocare.

Thank you for the sherry, Granny.

Tutto questo è dedicato a lui, al figlio del vento.

È tardi. Sono stanco. Mi vado a sdraiare, che domani parto.

Cucù Cucù l'aprile non c'è più, è ritornato maggio col canto del Cucù.

Do you believe in maggio?
Do you believe in magic?

Fuori dalla finestra tutto è calmo. Un paio di luci accese, di fronte. Forse una tv di qualche casa della strada di fianco, lontana. Per il resto, tutti dormono, mentre osservo i reperti di quello che i testi e la psichiatra col camice bianco hanno confermato si debba definire esordio schizofrenico.

E una volta che è scattato il primo episodio la percentuale che arrivi il secondo si alza notevolmente e quindi ci sarebbe poco da scherzare.

Ma io credo che la questione sia ben più complessa (e poi che ci devo fare?). Se avessi la possibilità di schioccare le dita e tornare indietro e far scomparire quel lato di me che mi ha portato al delirio io non le schioccherei.

Non dico che non ci sia una sofferenza, ma allo stesso tempo è questo mio disturbo che è stato la fonte più feconda del mio pensiero, il lato che mi ha fatto fare i passi che più mi definiscono.

E ci riflette perfino Freud su questa contraddizione: la nevrosi è una malattia, ma è anche il portato della civiltà – è un'entità morale –, lo strano motore e anche la punta nobile della forza vitale della società.

E certo, non ho mai pensato di essere Gesù, durante il mio delirio schizofrenico, ma inizio a pensare che Gesù e san Francesco e Maometto avessero una forma di disordine bipolare o schizofrenico.

E proprio per il fatto di aver seguito le orme dell'attore di Dio (in particolare di san Francesco) e avendo messo i piedi in dei momenti clou che avevo letto e studiato, io credo di aver capito cosa, all'incirca, gli possa essere passato nella mente. Mi sento molto privilegiato per questo. Aver vissuto, capito, assaggiato una eco lontana di quello che san Francesco ha provato.

Lo so, è un'affermazione che rischia di produrre un po' un effetto boomerang, che rompe il patto di fiducia col lettore – perfino una parte di me che la sta scrivendo adesso, la rilegge e pensa: ma non è che sei ancora pazzo, allora!?

E comunque mi scuso di cuore con tutti quelli che la possano prendere a male. Ho alcune delle persone più care nella mia vita, le mie zie per esempio, che sono molto credenti.

E però dalle allucinazioni, ai neologismi, al tentativo di salvezza del mondo, al fatto che il primo episodio schizofrenico esplode di solito nella tarda adolescenza-prima maturità, i sintomi non ci sono tutti.

Il mio disturbo era riuscito a farmi cambiare, mi aveva fatto entrare dentro una pelle che finalmente era la mia, mi ha indicato una strada, se non per arrivare alla guarigione, almeno per incontrare i fantasmi da combattere.

In fondo il grande smatto non era solo la manifestazione della psicosi, ma anche la stessa via di salvezza: andare fino in fondo a incontrare i propri demoni, a farsi vedere nudi da tutto il mondo ma soprattutto da se stessi e capire quanto fragili e piccoli si è.

E non era stato che una conseguenza delle continue forme di protezione messe in atto nella mia educazione, di palizzate alzate dalla mia ossessione di tenere fuori il mondo esterno. Quindi il grande smatto non era stata una prova di coraggio per uscire da una gabbia che mi si era formata attorno?

E allora non è nel grande smatto che devo trovare la soluzione per uscire da questa depressione?

Sto per tornare in stanza da letto, svegliare Ottavia e farmi abbracciare. Raccontarle cosa ho pensato, farmi pregare di prendere le goccine e tornare a dormire stretto addosso a lei. Ma non posso dirle della morte, del Breivik del futuro, perché la agiterei, le prenderebbe male anche a lei. E poi non voglio prenderne, di goccine. Non è più un tabù ideologico. È una sfida. Non posso sprecare quello che ho capito durante la *Nona*, quella piccola ma fondamentale rivelazione: prima del grande smatto avevo paura di vivere, adesso ho paura di morire.

Perché forse la soluzione sta nel provare a riprodurre quello slancio, quel tuffo a occhi chiusi.

Trovare il modo di battere questo blocco come a quel tempo avevo battuto quell'altro blocco del mio cervello.

Dovevo fare un nuovo patto schizofrenico con me stesso. Andare di nuovo a tuffarmi nelle mie paure, incontrare i miei fantasmi e menarmici.

Come avevo trovato il modo di esorcizzare la paura di vivere, a ventidue anni, con quel momento iniziatico, così dovevo trovare il modo di esorcizzare la paura della fine. Forse bisognava convincersi che ci fosse qualcosa di inconcepibile, un'idea folle tipo che ci sia vita dopo la morte. Pensa che idea rivoluzionaria per lenire la sofferenza di chi perdeva il figlio, il padre, la madre, di chi capiva che lui stesso sarebbe morto. Il giorno in cui qualcuno ha pensato: dopo la morte non è finita. C'è altro.

Sì, forse l'unica soluzione per uno psicoastenico come me è quella che continua ad andare di moda da cinquemila anni a questa parte.
(In fondo la religione non è solo una magnifica difesa psicologica collettiva?)

Vero, ma rischia di essere una soluzione comunque troppo fragile per me. Ho troppi strumenti razionali per fregare la fregatura. Per illudermi da solo che è tutta un'illusione, per potermi dire: beato te che non capisci un cazzo. A me tocca trovare invece un'altra soluzione, un modo di riprodurre il grande smatto. O meglio, uno smatto controllato. Un piccolo smatto in vitro, creato apposta per questo momento.

E cosa è che mi fa paura? Buttarmi con un paracadute da un aereo? Andare con le bombole sott'acqua? Sì, ma ho bisogno di un periodo per elaborare. Non dico un'estate ma almeno una notte. Ecco: devo superare una notte. Una notte da solo. Dovrei andare in un posto fuori dalla civiltà, in montagna. Passare la notte da solo in un bosco, come se fossi tornato agli albori della civiltà. Lontano dalle case, dalle luci, da computer e cellulari.

Potrei andare sul monte Serra. Un bosco che conosco. C'è anche una grotta, potrei tornare lì nello stomaco del mondo, nell'utero terrestre, come sul monte Cucco con il Ciana, e poi durante la notte, nelle ore più buie e spaventose, fare un fuoco – bruciare un'altra volta la mia carta d'identità –, sopravvivere fino all'alba e tornare in città per iniziare la seconda parte della mia vita.

I giorni dopo ho preparato lo zaino, una torcia, qualcosa da mangiare, una boccia d'acqua, la giacca a vento, un accendino per fare il fuoco.

E la notte prima di partire mi ha pugnalato alle spalle una sensazione mista di pigrizia e paura. Ho iniziato a pensare che fosse tutto sbagliato, ridicolo. Ho detto a Ottavia che non sarei più andato. E lei, come mia madre prima dell'Inghilterra, mi ha assecondato. Mi ha detto non andare con la stessa serenità con cui mi aveva detto il contrario.

– Ma non avevi detto che era una buona idea?

Sperando che lei mi dicesse: scherzavo.

O: c'ho ripensato.

O qualsiasi altra cosa invece di:

– Infatti secondo me è una buona idea ma se non te la senti non lo fare.

E così mi sono fatto lasciare da Ottavia su uno dei tornanti che si snodano sopra Tre Colli.

È tardo pomeriggio, la temperatura è mite. Saluto Ottavia dal bordo della strada asfaltata. Lei fa inversione e la guardo andare, finché la macchina non sparisce dietro una curva. Prendo un sentiero camminando con calma. La sensazione di non avere una meta, di essere da solo, mi appaga. Il cicaleccio degli uccelli, l'odore dei castagni e delle erbe di montagna è medicina. Il sole scende sul mare. È una giornata tersa e si vede perfino la Capraia, o la Gorgona, non so mai quale delle due. Comunque uno spettacolo magnifico. Si alza una brezzettina serale. Mi metto il giacchetto, mentre costeggio il monte. E tutto mi sembra ottimo. Non sto sudando, non ho paura. Mi giro verso un albero e piscio. E così prendo possesso del monte.

Continuo a camminare con il mio passo mentre la luce si spenge sempre più veloce e arriva la notte. Accendo la torcia che mi sono portato. I rumori del monte e del bosco sono cambiati. La luna che intravedo fra i rami degli alberi è uno spicchio. Neanche quello ho controllato. Non potevo venire quando c'era luna piena? Al tempo del grande smatto ero fissato con le fasi lunari. Ci avrei pensato di sicuro.

Poi sento un rumore secco. Un legno che si rompe. Penso a un cinghiale. Perché in effetti di cinghiali ce ne sono e se ti corre addosso un cinghiale ti ammazza. Una volta in Umbria me ne è corso contro uno, con le zannette e tutto, tipo quelli di Asterix, e per poco non mi beccava. Solo che non mi stava correndo contro, in realtà, stava scappando perché la mia presenza l'aveva spaventato. È sempre questione di punti di vista, no? Comunque, anche se ero gasato per averlo visto, mi ero cacato addosso. E allora forse devo battere le mani, per provare a spaventarlo anche questa volta.

Ma non lo faccio. Perché la verità è che non ho paura che sia un cinghiale, ho paura che sia un uomo. Un matto, un assassino, un serial killer. Magari è qui perché, vai a sapere la coincidenza, sta passeggiando di notte, perché appunto è pazzo (come me, certo, ma è sempre questione di punti di vista) o magari sta seppellendo un morto che ha già ammazzato.

Cammino più veloce, il cuore mi batte sempre più forte. Se sta seppellendo un cadavere l'importante è che io non lo veda e così mi lascerà stare. E mentre cammino ripenso a questa storia del cadavere seppellito sul monte Serra, che assomiglia troppo alla trama di un brutto film horror, e quindi dev'essere per forza frutto della mia immaginazione.

Stai calmo quindi.

Ci provo.

Ma l'ansia continua. Provo a farmi coraggio camminando sempre più veloce in mezzo al buio, anche se non ho meta. Guardo l'ora sul cellulare, ma è solo una scusa per controllare se prende ancora. E invece non prende.

Ce l'ho fatta a essere lontano da tutto e tutti. A essere in balìa del bosco e dell'oscurità. Mi dici che stronzata è? Ma come mi è venuta in mente? Che cazzata è stata questa di venire fino qua sul monte? Mi fermo. Penso di tornare a valle. Immobile, con il sudore alle mani e sul viso, inizio ad avere paura davvero. Sento rumori strani. Sono solo in mezzo al buio. Mi prenderà di nuovo l'attacco di panico. Forse non mi sta prendendo solo perché stavo camminando forte. Perché alla fine per milioni di anni non abbiamo fatto che camminare. Nomadi e cacciatori. Camminare e correre. L'unico vero vantaggio fisico che avevamo sugli altri animali è che eravamo i migliori long distance runners. I neonati vogliono essere cullati perché nel nostro cervello primitivo ci ricordiamo di quando eravamo bambini in braccio alle madri che camminavano e camminavano. Così devo cullare il neonato agitato che sta dentro di me. Allora riparto e cammino più veloce, in salita, sul sentiero sconnesso che porta in cima al monte. Ma più salgo, più mi addentro nel bosco di abeti, e più la notte diventa nera. Più mi addentro e più voglio fermarmi e tornare indietro.

Ma più penso a tornare alla strada asfaltata e verso le luci delle case e più sono deluso. Certo che ho paura. Ma non sono venuto qui proprio per avere paura di morire?

Forse posso trovare un compromesso: in fondo la prova l'ho fatta... è almeno due ore che sono da solo in questo bosco di merda. Al buio e al freddo, a camminare come un coglione.

Cammino più lento, ogni passo è una lotta contro me stesso, ogni passo è un'affermazione, ogni passo è una preghiera, ma arriva con più ritardo e più flebile, il passo rallenta ogni momento fino a che non mi fermo di nuovo.

Ho freddo. Ho un freddo cane, ma non riesco più a muovermi. I rumori ora che sono fermo sono ancora più forti. Con la mano controllo che il coltellino che mi sono portato sia ancora in tasca, raccatto un bastone grosso e pesante. L'arma migliore che posso trovare. La impugno stretta e inizio a mormorare: dovessi camminare in una valle oscura non temerei alcun male, perché tu sei con me. Il tuo bastone e il tuo vincastro mi danno sicurezza. Ripeto come un mantra quelle parole del salmo ventitré che sembrano l'inconscio dell'umanità. Poi sento arrivare un dolore al ventre. Uno strano gorgoglio. Uno strizzone che dallo stomaco scende alla pancia e poi ancora più sotto e capisco che mi sto per cacare addosso. Mi piego, mi slaccio i pantaloni che però si impigliano alla cintura e mi spruzzo di merda i jeans e le mutande e il giacchetto, mentre provo a rannicchiarmi in modo che almeno un po' di merda non mi finisca addosso.

Mentre sono piegato così, goffo, ridicolo, con gli strizzoni e il puzzo di merda sciolta che mi invade, mi prende una risata quasi isterica, una risata che è una presa per il culo di me, della situazione assurda in cui mi sono cacciato, delle mie paure. E d'un tratto i serial killer, i cinghiali, i fantasmi del bosco sono spazzati via dalla ridarella e dalla merda, che è diventato il problema più grande.

Il casino adesso è come togliermi le mutande sporcandomi il meno possibile, e pulirmi il culo e le cosce e i vestiti con un solo pacco di fazzoletti.

Ecco qual è diventato il problema.

Mi tolgo scarpe, pantaloni, mutande, che devo buttare in un sacchetto di plastica e mettere nello zaino, mi rinfilo i jeans con il pisello che struscia contro la fibra ruvida, come quando andavo in giro al Pistoia Blues con i pantaloni del barbone. Trovo un posto a ridosso di un masso. Un pezzo di montagna spoglio di vegetazione, una sorta di piccola nicchia dove mi metterò di schiena come un uomo braccato che cerca la grotta per avere più controllo e difesa. Mi accuccio. Inizio a prendere legni a terra. Legnetti più piccoli, foglie secche, un paio di pigne di abete e poi tronchi più grandi. Lo so fare, il fuoco. Le prime fiammelle già rischiarano tutto attorno, i primi legnetti e poi quelli più grandi iniziano a sfrigolare. Venite sotto, cinghiali. Venite sotto, lupi. Venite tutti a circondarmi ma rimanete lì ipnotizzati e impauriti dal dio che sono diventato grazie al sapere che mi hanno tramandato gli umani.

Il fuoco mi aiuta, mi fa compagnia, mi ipnotizza con le sue fiamme, e il suo calore mi protegge, è come avere un amico con cui parlare.

Grazie ragazzi per il salmo ventitré, grazie ragazzi per l'accendino.

Mi tranquillizzo: sono comunque il prodotto di milioni di anni di evoluzione. E comunque i pochi strumenti che ho mi rendono un dio. Guardo di nuovo l'ora. In fondo sono solo le quattro e mezzo.

Mi dico che adesso dovrei mettermi a bruciare la carta d'identità, diventare simbolicamente un uomo nuovo, ma poi penso alla menata di rifarla, che ci perdo altri tre giorni dietro uffici, bolli, fotocopie.

Raccatto altri legnetti e ravvivo il fuoco. Prendo dallo zaino il panino che mi sono fatto. Mangio, rimanendo là accanto alle fiamme che rischiarano una scheggia di quel monte, e penso che non ha senso bruciare la carta d'identità. Sarebbe retorica, manierismo, a questo punto della questione.

Finito di mangiare mi calmo. Quasi mi prende la stanchezza. Quasi mi verrebbe da dormire. Chiudo gli occhi un attimo, stretto nel mio giacchetto, il tepore del fuoco e il masso dietro la schiena. Sto così. Sveglio, ma con gli occhi chiusi. Non riuscirei mai a dormire, ma mi riposo comunque.

Poi d'un tratto sento un impulso, una sorta di movimento nel basso ventre. Non che mi si rizzi o che. È più una sensazione: l'idea di spararsi una sega. È un'idea confortevole. Ed è un'idea che non è stata mossa dal cervello ma è nata dal corpo, come quando da adolescente sentivi il richiamo dell'ormone, del sistema vascolare o nervoso o quello che è, insomma sapevi che era arrivato il momento.

E anche adesso è arrivato il momento e, insieme a quello, la certezza che non succederà niente, che non arriverà nessun dolore. Non so perché, ma non ho paura dell'alien che mi morderà il cranio. Sarà che ormai ho avuto paura per tutto il resto, l'adrenalina di stare nel bosco e tutto, ma sono tranquillo. E infatti è una delle seghe più veloci della mia vita. Una sega come quelle che mi sparavo quando avevo quattordici anni, appollaiato sul casottino nascosto del giardino. Finalmente, dopo vent'anni riprovo per un attimo quel piacere che poi non è più tornato. Con le trombate non c'è una prima volta gloriosa e poi un assestarsi in una goduria standard. Anzi. La prima volta è di solito un mezzo disastro. E più si diventa grandi, invece, e meglio si fa l'amore. E meglio si gode. Con la sega no. La sega dev'essere come mi ha raccontato il Ragno per l'eroina: la prima volta, le prime volte sono irraggiungibili. Dopo, speri di avere un'eco di quello che era stato al tempo. La sega è surrogato della trombata sì, certo, ma anche surrogato delle prime che ti sei fatto. E questa volta, sarà che è passato così tanto tempo, questa sega assomiglia più di ogni altra alla mia prima sega. La sensazione di ricevere un dono dal mondo, la lieve paura della prima volta, il miracolo dell'orgasmo.

Finisco di venire e sento il liquido appiccicoso e umido sulla pancia sotto la maglia, sulla mano. Ma me ne sbatto: quel liquido rappresenta la salvezza. Lo sapevo che non c'era più quel dolore, ma adesso avere la prova della mia grazia che mi si seccava addosso era meglio di vedere il sangue sulle lenzuola dopo la prima notte d'amore nel Medioevo. L'ordine è ristabilito, il cranio è tornato amico, l'uomo capace di amore ha ritrovato l'equilibrio, l'animale capace di accoppiarsi e riprodursi, pure.

Resto così davanti al fuoco, che mi fa compagnia. Mi sento sicuro di me, non ci sono più bestie che mi possano spaventare. La bestia più feroce, l'unica bestia di cui aver paura, era dentro di me. E adesso è stata eiaculata.

Forse dormo anche qualche minuto. Poi riapro gli occhi. E dopo un po' decido di ripartire. Guardo il cellulare: mancano altre due ore all'alba. E io voglio essere sulla cresta del monte in quel momento. Saremo io e il sole.

Spengo il fuoco. Ci piscio sopra per essere sicuro di non fare male al bosco. Mi rimetto lo zaino in spalla e riparto. Il sentiero si snoda andando in alto e via via il bosco si dirada. La luna è più alta nel cielo. E fuori dagli alberi adesso è tutto più luminoso. Neanche la torcia quasi mi serve più. Vedo a est il cielo che si sta schiarendo, piano piano arriverà il giorno. Ormai ho superato la prova. L'ho superata meglio di quello che avrei mai sperato.

Mi sento leggero. Cammino e arrivo in cima al monte. Faccio un ultimo sforzo, ogni tanto mi giro per vedere le luci della vallata sull'Arno. Pisa, Cascina, Pontedera, più lontano, verso il mare, Livorno e le ciminiere delle raffinerie di petrolio.

Adesso sono sul punto più alto. Là in fondo, nel mezzo della grande vallata dell'Arno, verso Navacchio, fra le case e i paesini, vedo Virgo, quella sorta di enorme V bianca che sembra disegnata sui campi.

La guardo dall'alto e penso ai miei amici che lavorano lì, a Giovanni, al Nich e a Gary, al giorno in cui troveranno le onde gravitazionali o quello che è, e qualcuno là dentro urlerà agli altri, in preda all'euforia che solo una scoperta ti può dare: venite a vedere, venite!

Il sole ha invaso le pendici del monte, la piana con le città, il mare. L'aria si sta scaldando. Presto si starà bene.

Sento un senso di gratitudine invadermi, un senso di ma che culo vivere in un posto così, che culo vivere in questo momento storico, di avere due genitori che mi vogliono bene, due poli opposti che hanno creato questa mia miscela, che culo avere incontrato gli amici che mi hanno accompagnato, le ragazze che ho baciato, e prima di tutto che culo che si sia formato un universo così precisamente fine-tuned, che per uno zero virgola in meno o in più in qualche legge fisica collasserebbe, e invece esiste e contiene questo pianeta blu e verde, solitario e meraviglioso.

E lo so che anche questa è solo un'illusione, un punto di vista biased dal mio senso di vittoria, e so anche che torneranno i momenti in cui vedrò solo il marcio e la morte attorno. La battaglia fuori nel mondo continuerà fra questi due poli, e so anche che la realtà è ambigua, contraddittoria, folle, e oscilla e si ribalta a ogni passaggio, e chi ti (o si) vuole convincere di no è solo un truffatore o un illuso.

La sfida quindi è rimanere lucido, avere la saggezza di contenere questo grande casino, senza smettere di lottare.

Forse, alla fine, si può riassumere tutto questo semplicemente e gramscianamente: al pessimismo della ragione c'è da contrapporre l'ottimismo della volontà.

Prendo un ultimo respiro e rifaccio tutto il sentiero al contrario, ripasso dal luogo dove ho fatto il fuoco, dove ho avuto paura e dove mi sono cacato letteralmente addosso, e poi ancora avanti: adesso mi sembrano posti comuni, amici. Perché avevo tanta paura, prima? Perché non me la sono goduta?

Arrivo alla strada sterrata e presto troverò l'asfalto. Potrei già chiamare Ottavia per dirle di venirmi a prendere, ma in realtà mi piacerebbe arrivare a casa a piedi, farmi trovare là, davanti alla porta dei suoi. Saranno in fondo una decina di chilometri. E mentre penso che fra un po' le manderò un messaggio, sento le voci di una bambina di otto-dieci anni e di suo nonno.

Hanno un labrador che avanza con loro e torna indietro saltellando – e si capisce da come parlano e scherzano che per la bimba è la giornata più bella al mondo, e per quel nonno è una sorta di arrivo, di traguardo, la vita non poteva dargli gioia più grande.

Prima che io li raggiunga, sono arrivati alla fonte che c'è a un terzo del cammino. La bimba mette le mani sotto l'acqua fresca e il cane fa il bagno, si butta sotto l'acqua a pancia all'aria, si scuote, gioca.

E la bimba, tutta contenta che il cane si diverta così tanto, dice:

– Quando ad agosto andiamo al nostro mare gli faccio fare il bagno!

E il nonno ridacchia:

– Ma cosa dici: il *nostro* mare? Il mare è di tutti.

Lì per lì sorrido alla battuta. Ma poi, mentre continuo a scendere a valle, ci penso meglio: cazzo, ma non è stato strano dire quelle parole? Tu le avresti dette? Non avresti lasciato correre per non rompere quel momento di idillio? Pensa solo la rottura di palle di dover sottolineare quel concetto.

E così, per un attimo, mi sento orgoglioso di far parte del genere umano.

Ecco cosa mi piacerebbe: assistere a questa scena con il mio bimbo e potergli spiegare perché quel nonno è stato così grande. Quel nonno che ama sua nipote con tutto se stesso, ma che pur rischiando di compromettere quel momento, non si è scordato degli altri, e glielo ha trasmesso.

Ecco cosa voglio. Voglio avere la lucidità e la forza di quel nonno.

Voglio tramandare qualcosa, voglio scavare le parole come un tarlo il legno, come il vecchio con lo scalpello in *No Country For Old Men* che tutte le sere esce da casa e scava quella pietra dura e immensa per farne un abbeveratoio che resterà per un millennio e forse più, alla faccia delle guerre e della crudeltà umana, quell'abbeveratoio che è la statua di una promessa fatta agli uomini che verranno – ecco, vorrei scrivere una scena, una pagina che scavi da qualche parte, che resista per quanto possibile. Mi basterebbe anche dire una frase giusta a mia nipote.

Vorrei avere quella speranza lì nel cuore. È una sorta di dovere, credo, ma anche l'unica salvezza.

Non devo pensare al mondo se non al mondo in quanto abbeveratoio, non devo pensare all'umanità se non all'umanità in quanto quella bambina.

D'un tratto tutto si fa chiaro nella sua semplicità.

Cammino giù per il sentiero con passo veloce, il sole è sbucato oltre il monte. Ottavia mi aspetta. Prenderò l'autobus e arriverò sotto casa e suonerò e ci abbracceremo, e mi chiederà com'è andata e faremo colazione e dopo dirò che dobbiamo fare un office per capire che fare nei prossimi giorni e ci stenderemo a letto e ci baceremo e faremo l'amore, e dopo resteremo zitti, words are very unnecessary, persi in un mondo di bellezza e cazzate, e il nostro inconscio e conscio si fonderanno insieme mentre surferemo sull'onda creata da queste due correnti, e resteremo così, in bilico e beati nell'assenza e nel vuoto, e sarò risucchiato dal nulla e dalla morte e finalmente la accoglierò, anzi ci andrò incontro a braccia aperte e sereno potrò chiudere gli occhi senza accorgermene e, senza accorgermene, dormire.

E quando ci sveglieremo dal pisolino e ci alzeremo per andare in bagno, la butterò lì: ma visto che siamo così tranquilli, perché non ci incasiniamo un po'? Perché non facciamo un figlio? Perché non ci togliamo finalmente di mezzo, perché non ci facciamo scalzare dalla prima posizione delle cose più importanti. Scendere in seconda posizione delle cose a cui uno tiene di più al mondo, io probabilmente scalerò addirittura in terza perché a quel punto sarà più importante la mamma dei miei figli di me.

Pensa che sollievo. Non contare più un cazzo. Contare molto meno di prima.

E Ottavia ci scherzerà, mentre si laverà al lavandino e dirà che non è il momento, ma lo prenderà come un segno che sto guarendo, che sto uscendo dalla depressione. E nelle settimane dopo, quando capirà che non stavo scherzando, avrà un po' paura. Ma penserà anche che in effetti si potrebbe fare. Che è partita una chiamata che arriva da lontano, dall'inizio di tutto, una voce che ci accompagna verso quel momento in cui diremo a nostro figlio che il mare è di tutti.

Poi faremo merenda. Ci cucineremo una cosa buona, fosse anche pane e pomodoro, ma un pane e pomodoro fatto come si deve: con l'olio buono e il pomodoro sbucciato e fatto a pezzettini piccoli, con il basilico tagliuzzato sopra e un po' di pepe e sale, e il pomeriggio chiamerò il mio daddy e la mia mamma per un saluto come tanti altri ma che suonerà come un grazie, e poi uscirò di casa, andrò a uno di quei grandi negozi di elettronica e mi comprerò una tastiera wireless. E verso il tramonto mi stenderò sul divano e inizierò a battere i tasti a occhi chiusi, senza fretta e senza pause, lasciando scivolare tutto, tentando di non rimanere costretto negli argini.

Scriverò così: nudo, senza difese e senza pensare, il più onesto possibile.

La prima terribilità arrivò all'apice del piacere, una frazione di secondo a ridosso dell'orgasmo.

In quell'istante stavo pensando alla forza di gravità e a quello che avevo letto sul sito del "Guardian", e cioè che la gravità è una forza così debole da creare problemi perfino ai fisici.

La mattina vai a fare colazione e quando sollevi il bicchiere di caffelatte il tuo bicipite fa a braccio di ferro contro un pianeta intero con milioni di quintali di minerali e roccia eccetera, e senza fare grande sforzo, lo vince.

È una forza talmente debole che fa casino con la teoria del funzionamento di tutto l'universo, che quindi, secondo regole matematiche studiate e ristudiate, sarebbe già dovuto collassare da tempo.

Ringraziamenti

Un ringraziamento a chi mi ha letto, consigliato e aiutato in questi cinque anni di travaglio:

Antonio Leotti, Laura Lamanda, Francesco Piccolo, Rosella Postorino, Erica Berla, Carlo Carabba, Mario de Laurentiis, Marilena Rossi.

E anche a Viola Brunaccioli, il Rube, Milena, Paolo, Giuseppe Ceraudo, Nicola, Valeria, il Nich, Cristiano Gerbino, e a tutti quelli che mi sto scordando, accidenti a me che non me li segno via via.

Questo libro è dedicato ai miei genitori Rosanna Autera e Anthony Johnson, alle mie famiglie lucane, inglesi e toscane, e a tutti quelli che mi hanno accompagnato in questa avventura. L'avevo già detto, ma meglio ripeterlo.

E ovviamente a Ottavia, Jacopo e Arturo.

Mondadori Libri S.p.A.

Questo volume è stato stampato
presso ELCOGRAF S.p.A.
Stabilimento - Cles (TN)

Stampato in Italia - Printed in Italy